L'école des chiens

récit

Catalogage avant publication de BAnQ et de BAC

Guénette, Daniel, 1952-
L'école des chiens
ISBN 978-2-89031-985-1 ISBN ePub 978-2-89031-987-5
I. Titre.

PS8563.U288E26 2015 C848'.54 C2014-942306-3
PS9563.U288E26 2015

Nous remercions le Conseil des arts du Canada ainsi que la Société de développement des entreprises culturelles du Québec de l'aide apportée à notre programme de publication. Nous reconnaissons également l'aide financière du gouvernement du Canada, par l'entremise du Fonds du livre du Canada, pour nos activités d'édition. Gouvernement du Québec – Programme de crédit d'impôt pour l'édition de livres – Gestion SODEC.

Illustration et maquette de la couverture : Raymond Martin
Mise en pages : Julia Marinescu

Distribution :

Canada
Dimedia
539, boul. Lebeau
Montréal (QC)
H4N 1S2
Tél. : 514 336-3941
Téléc. : 514 331-3916
general@dimedia.qc.ca

Europe francophone
D.N.M. (Distribution du Nouveau Monde)
30, rue Gay Lussac
F-75005 Paris
France
Tél. : 01 43 54 50 24
Téléc. : 01 43 54 39 15
www.librairieduquebec.fr

Dépôt légal : BAnQ et BAC, 1er trimestre 2015
Imprimé au Canada

Les Éditions Triptyque
2200, rue Marie-Anne Est
Montréal (Québec) H2H 1N1, Canada
Téléphone : 514 597-1666
Courriel : triptyque@editiontriptyque.com
Site Internet : www.triptyque.qc.ca

Daniel Guénette

Petit cadeau de l'auteur

L'école des chiens

récit

Bonne lecture !

Triptyque

Daniel Guénette

Et la crainte d'un avenir où nous seront enlevés la vue et l'entretien de ceux que nous aimons et d'où nous tirons aujourd'hui notre plus chère joie, cette crainte, loin de se dissiper, s'accroît, si à la douleur d'une telle privation nous pensons que s'ajoutera ce qui pour nous semble actuellement plus cruel encore : ne pas la ressentir comme une douleur, y rester indifférent ; car alors notre moi serait changé : ce ne serait plus seulement le charme de nos parents, de notre maîtresse, de nos amis, qui ne serait plus autour de nous ; notre affection pour eux aurait été si parfaitement arrachée de notre cœur dont elle est aujourd'hui une notable part, que nous pourrions nous plaire à cette vie séparée d'eux dont la pensée nous fait horreur aujourd'hui ; ce serait donc une vraie mort de nous-mêmes, mort suivie, il est vrai, de résurrection, mais en un moi différent et jusqu'à l'amour duquel ne peuvent s'élever les parties de l'ancien moi, condamnées à mourir.

Marcel Proust, *À l'ombre des jeunes filles en fleurs*

Max est mort, hier, le 19 octobre 2013, vers 15 h. La pauvre bête est morte. Une grande part de moi également.

Je croyais qu'il vieillissait. Il ne faisait pas que vieillir, il traînait depuis quelques mois une maladie grave. Je n'interprétais pas correctement les signes de cette maladie. Une tumeur de la rate entraînait des saignements internes. Il était anémique. Je n'en savais rien. Je ne voyais rien.

Puis, brusquement, en l'espace de quelques jours, tout s'est précipité. Il n'avait plus d'entrain, dormait beaucoup. Ce n'était plus le même chien. Son regard s'éteignait. Nous avons fini par nous inquiéter. Surtout lorsqu'il s'est mis à uriner très, très longuement, et à boire beaucoup plus qu'à l'habitude. J'ai contacté la clinique et pris un rendez-vous. Quelques heures après avoir consulté, j'ai décidé de le laisser partir. Une dernière hémorragie aurait pu survenir d'une heure à l'autre en lui causant d'horribles souffrances.

À vrai dire, j'ai perdu mon meilleur ami. Il emporte avec lui quelque chose que j'appellerai mon enfance, puisqu'avec lui, le plus pur de moi accédait à une forme de présence, pleine, qui me remplissait de contentement muet et secret. Enfin, je ne dis pas ces choses correctement, mais je ressens une perte qui va au-delà de la perte de l'ami. C'est qu'il emporte avec lui toute une part de mon être.

Il a été fin jusqu'à la fin. Je suis tout plein de tout ce vide qu'il laisse en moi, tout plein de son absence.

Phrases faciles, lieux communs. Qui disent vrai, mais sonnent creux.

D'autres phrases s'énoncent d'elles-mêmes, bien malgré moi. Elles créent ou s'accompagnent d'une sorte de houle, comme une marée d'émotion qui fait monter une profonde vague de chagrin. Ce sont de pauvres phrases, qui déplorent une perte et se heurtent encore une fois à cette absence qui m'envahit.

Des phrases qui ne font pas de littérature, ou qui en feraient de la bien maigre. Aussi pauvre que je suis malheureux, inconsolable, lorsque dans mon chagrin se formulent ces phrases.

Et encore ce constat. Il a existé, il est mort. Il ne diffère en rien, lorsque je regarde une photo de lui, d'autres êtres qui, eux, non seulement existent, mais sont toujours vivants, alors que j'ai sous les yeux une photographie d'eux. Je vois leur image, mais ils sont ailleurs et je peux aller les rejoindre si je le désire, ou leur passer un coup de fil. Mais lui, au-delà de la photographie silencieuse qui me le représente, il s'est définitivement absenté. Il n'a plus que l'existence de sa représentation. En cela, pareil à un dessin, à une illustration, mettons celle du Milou de Tintin. Tout comme Milou, il existe. Mais il ne fait qu'exister. Cependant, il a pour supplément d'avoir véritablement vécu. Sa mort enfin le ravale au statut d'une image muette. Il existe en moi, mais il est mort à jamais.

Il n'y a pas de consolation possible. Tout ceci est à peine compréhensible. Et s'oppose en tous points au scénario que j'avais élaboré.

Il ne m'a pas faussé compagnie, il a seulement été très discret. Il a parlé son langage de chien, et j'ai lu alors très distraitement dans son discours autre chose que ce qu'il me disait. Je l'ai vu ralentir, là où en réalité il s'anéantissait un peu plus à chaque pas. J'ai vu vieillir mon chien : en réalité, la maladie en lui accomplissait son lent et inexorable travail.

Rien ne me ramènera mon brave compagnon, et d'aucuns souriront à l'idée que j'ai de lui faire ici mes adieux, en lui offrant et en m'offrant le luxe d'une stèle ou d'un tombeau.

On trouvera ridicule que j'avance qu'il a contribué à faire de moi l'homme que je suis devenu, qu'il m'a autant éduqué que j'ai pu le dresser. Dans cette dialectique du maître et de la bête, la bête a aussi son mot à dire.

Comprenne qui voudra, qui pourra, moi, ma douleur, ce fut et c'est encore ce dernier chapitre, les derniers moments, sa fin à partir de quoi commence une autre fin.

Ces mots, ces simples mots : mon tout petit chien, mon Dieu, mon tout petit chien. Mots insignifiants par lesquels on me jugera sans doute. Mots que je ne devrais pas retranscrire ici, que je ne devrais pas répéter. Mais au moment de la dernière page tournée, et encore dans les jours qui suivirent et qui suivent encore, je les ai prononcés, seul dans la nuit, prononcés bien malgré moi, comme s'ils sourdaient d'eux-mêmes, non pas à mon insu, mais comme font les larmes qu'on ne provoque pas.

Et pourtant, tous les jours, un père, une mère prononcent des mots semblables, au milieu des déflagrations, après les sinistres : Oh ! mon Dieu. Mon enfant, mon fils, ma fille, mon tout petit, mon amour, mon chéri. Un père, une mère cherchent autour d'eux, dans les débris, un tout petit corps ; découvrant une tête, un bras ; souvent ne trouvant rien, déplorant ce rien, tombant à genoux, levant les bras au ciel, priant, invectivant le Dieu cruel qui s'absente du Ciel et de la Terre. Alors que moi, comprenne qui voudra, comprenne qui pourra, ma douleur demeure, même si je l'appréhende à l'aune des guerres, de la terreur et des catastrophes naturelles. Elle n'est qu'une sorte de microbe, ma douleur n'est pas même un fait divers. Elle est insignifiante. Rien ne justifie que je l'évoque ici.

Un groupe tout à l'heure était là sur la grève,
Regardant quelque chose à terre. – Un chien qui crève !
M'ont crié des enfants ; voilà tout ce que c'est. –
Et j'ai vu sous leurs pieds un vieux chien qui gisait.
L'océan lui jetait l'écume de ses lames.
— Voilà trois jours qu'il est ainsi, disaient des femmes,
On a beau lui parler, il n'ouvre pas les yeux.
— Son maître est un marin absent, disait un vieux.
Un pilote, passant la tête à sa fenêtre,
A repris : – Ce chien meurt de ne plus voir son maître.
Justement le bateau vient d'entrer dans le port ;
Le maître va venir, mais le chien sera mort. –
Je me suis arrêté près de la triste bête,
Qui, sourde, ne bougeant ni le corps ni la tête,
Les yeux fermés, semblait morte sur le pavé.
Comme le soir tombait, le maître est arrivé,
Vieux lui-même ; et, hâtant son pas que l'âge casse,
A murmuré le nom de son chien à voix basse.
Alors, rouvrant ses yeux pleins d'ombre, exténué,
Le chien a regardé son maître, a remué
Une dernière fois sa pauvre vieille queue,
Puis est mort. C'était l'heure où, sous la voûte bleue,
Comme un flambeau qui sort d'un gouffre, Vénus luit ;
Et j'ai dit : D'où vient l'astre ? où va le chien ? ô nuit !

Victor Hugo, *Les quatre vents de l'esprit*

À la fin d'un vieil album de Quick et Flupke, album qui contient quelques sudokus et que j'ai posé à côté de mon lit, j'ai inscrit au-dessus d'un dessin représentant un gendarme, ces quelques mots : Beau Max. Mort le 19 octobre 2013. Chien que j'ai beaucoup aimé et que j'aimerai toujours. Malade sans que je le perçoive, sans que je puisse soupçonner qu'il soit proche de sa fin. Max je te dis « tu ». Je t'embrasse. 26 octobre 2013.

Je viens de terminer un sudoku et de le placer dans l'album. J'y ai alors vu cette note et je l'ai transcrite ici.

Or je me dis et me répète ceci : un écrivain chercherait à transposer son expérience, à la transcender dans un récit exemplaire, c'est-à-dire impersonnel. Il rédigerait une fiction, une histoire autre que la sienne, inventerait un autre chien, et pour ce chien un destin prêt-à-porter par le premier lecteur venu. Ce qui lui est personnel se ferait universel. L'écrivain disparaîtrait avec son chien disparu, afin de réapparaître, tous deux métamorphosés, méconnaissables, et reconnus pourtant par tout lecteur comme des doubles, doubles de lui-même, le lecteur, et de son chien, qu'il ait ou non un chien enroulé en boule et sommeillant au fond de son âme, ou quelque part, aboyant dans le jardin ou couché sur le canapé.

Bref, je pourrais tenter, mon cher Max, de te nommer autrement, au plus vrai de toi et de moi ; je pourrais inventer une histoire, nous chasser très loin de ce récit, nous y enchâsser tout de même plus qu'il n'y paraîtrait, faire de moi une espèce de débile désadapté, asocial, et de toi un sauveteur, puisque les chiens, c'est connu, se portent à la rescousse des noyés, retrouvent au fin fond des bois ceux qui ont perdu leur chemin. Or tout cela serait bien vrai, bien proche de la vérité. J'étais fou, perdu et malade. Tu es venu et j'ai vécu.

Notes

Un homme, son retour à la maison, il vient de perdre sa femme ou sa mère : hôpital, salon funéraire, enterrement.

Il a cessé de travailler depuis quelques années. Il rentre chez lui avec sa fille, qui repart le lendemain. Elle vit et travaille à l'étranger.

Il neige. Début de l'hiver.

Seul, debout devant la fenêtre, il voit, dans la cour du voisin, un chien qui lui est familier. Autour de cette bête s'amuse un chiot. Il n'a jamais vu ce chiot. Il observe le petit chien qui s'agite auprès du chien plus vieux, qui demeure imperturbable.

Il se prendra d'amitié pour ce chiot et en deviendra le maître.

Ainsi commence pour lui une vie nouvelle. Pour eux, une nouvelle vie.

À l'école des chiens, le maître apprendra.

Une scène emblématique : par un soir de tempête, l'homme et la bête se baladent en bordure d'une forêt. Le chien s'éloigne. Il disparaît au milieu de la tempête qui s'intensifie. Le maître s'inquiète. Il appelle son chien, qui ne vient pas. Il siffle. Du temps passe. L'homme croit son chien disparu à jamais. Puis, lentement, indistinctement, celui-ci réapparaît dans son champ de vision. Comme une ombre blanche émerge du néant.

D'autres promenades, des voyages, des séjours au bord du fleuve, etc. Aussi le quotidien. La vie de tous les jours.

La vie du chien. L'homme tranquillement vieillit. Le chien vieillit plus rapidement que son maître. Leur solitude à deux, puis la solitude de celui qui reste.

***

J'annonce à un vieil ami la mort de mon chien. Avant même que je précise les circonstances de son décès, il me demande si je vais le remplacer par un autre. Je lui réponds que mon chien est irremplaçable. Il reprend le mot et rigole. Je me justifie : mon chien était un philosophe, il avait également un grand sens de l'humour.

Il n'y a pas que les écrivains pour se payer de mots, même qu'un véritable écrivain, semble-t-il, serait au contraire celui qui les pèse tous. Il n'en trace pas un à la légère, toujours le juste poids pour chacun, la juste mesure, le mot juste.

Comment un chien pourrait-il être un philosophe doublé, qui plus est, d'un humoriste ? La conversation a dévié, nous étions au Salon du livre. Nous avons parlé de choses sérieuses. De cette sorte d'exercice d'humilité qui consiste à prendre place derrière une table pour regarder passer des milliers de gens qu'attire autre chose que vos livres.

Mais le fait est que Max était un philosophe. Sa tête était bien faite. Le long regard qu'il jetait sur le monde, il fallait le voir pour comprendre que c'était le regard d'un sage. La maîtresse de la mère de Max, une border collie nommée Taqui, l'avait ainsi surnommé : elle avait dit de lui qu'il était un sage, un philosophe. Seul mâle d'une portée de cinq, Max lui était apparu ainsi, à la fois tranquille et enjoué.

Il aimait s'emparer de nos chaussettes, de nos souliers, et nous inviter à le poursuivre dans notre petit logement. Ces jeux duraient tant et aussi longtemps qu'on n'y mettait pas fin. Si je travaillais au jardin, il pouvait m'arriver de négligemment laisser dépasser de la poche arrière de mon pantalon mes gants de jardinage. D'un bond, il s'en saisissait et me les chipait.

Ce sont là des anecdotes d'une criante banalité. Le chiot veut s'amuser, cela n'en fait pas pour autant un *stand-up* comique. Puis, il devient adulte. Pour peu qu'on lui ait évité la castration, ses ambitions s'élargiront progressivement en dehors du cercle étroit de ses maîtres et de la maisonnée. Les balles sur lesquelles se déplace et se concentre l'énergie des chiens émasculés, ne présentent alors qu'un intérêt limité. Le clan des bipèdes présente un intérêt également limité. Dès que le jeune mâle met le bout du nez dehors, sa truffe s'active, les ailes de son nez s'envolent à la recherche d'effluves et de parfums insoupçonnés ; des femelles sont en rut, d'autres mâles rivaux urinent çà et là, revendiquant la possession et la jouissance de leurs grandes chaleurs.

Je possédais deux chiens. L'un dormait aimablement un peu partout dans la maison. C'était un golden retriever. Il était calme et pondéré. Son père s'appelait Shadow. L'autre tenait plutôt du border collie. Vif, à l'affût de tout ce qui bouge, il était nerveux, supportait mal qu'on lui imposât une laisse, si bien que, dans les premières années, après l'avoir suffisamment dressé, je finis par la lui retirer au moment de nos promenades. Il obéissait à mes commandements, revenait sur ses pas au moindre sifflement, ne traversait jamais la rue sans mon autorisation. Sa liberté me convenait davantage que son impatience au bout d'une laisse.

Que de joies je lui dois !

Notre chiot avait d'abord passé environ six semaines chez ma voisine, à deux portes de chez moi, avant de s'installer définitivement sous notre toit à l'âge de trois mois et demi. Chez elle, durant cette période, il avait côtoyé un petit chat de son âge. Les deux petites bêtes s'étaient liées d'amitié. Max, qui à cette époque se nommait Pilou, nom charmant que lui avait donné la fille de ma voisine, s'approchait du chaton et le prenait dans sa gueule. Il le promenait ainsi de pièce en pièce. Jamais il ne lui a fait mal. Sa gueule se refermait tout doucement sur le petit chat, docile et sans doute consentant par la force des choses. Ces jeux expliquent la délicatesse de Max tout au long de sa vie avec les vieux toutous de nos enfants que nous avions conservés par attachement, les réservant à nos futurs petits-enfants, peluches auxquelles son arrivée dans notre domicile donna une seconde vie. Ils justifient peut-être également son comportement, lorsqu'un jour, sur le campus du cégep Vanier, il tomba nez à nez avec une jeune marmotte. Il la pourchassa et la pauvre bête, malheureusement, se retrouva coincée dans un espace fermé par un bâtiment qui lui barrait la route. Max tournait autour d'elle, il aurait sans doute souhaité se la mettre en gueule, comme il l'avait fait jadis avec

Mine-Mine et ses toutous. Le bébé marmotte était affolé, je rappelais mon chien, il était au summum de l'excitation et faisait fi de mes ordres. Tout dans son attitude indiquait la fascination et la curiosité. La petite chose l'amusait. De toute évidence, il voulait jouer. Pas une once d'agressivité, rien de féroce. Il dut parvenir à toucher le petit animal. Lorsque ce dernier tomba à la renverse, je crus à une feinte, pensant qu'il allait profiter de ce que j'étais parvenu à mettre la main au collet de mon chien pour se relever et filer à toute vitesse. M'approchant lentement afin de ne pas ajouter à sa frayeur, je constatai qu'un filet de sang colorait son tout petit corps à la hauteur de l'épaule. La bête était bel et bien morte, de frayeur je crois, d'un arrêt cardiaque sans doute. Le mal était fait, il aurait été inutile de sermonner le chien.

Le lendemain, revenant sur les lieux du crime, je recherchai la petite dépouille. Max, qui m'avait précédé, s'était mis à trotter dès qu'il s'était retrouvé dans les parages. Il la cherchait lui aussi. Elle avait disparu. Max répéta ce comportement jusque dans les derniers temps ; chaque fois que nous revenions nous balader sur le campus, il hâtait le pas lorsqu'il approchait de l'endroit où il était tombé nez à nez avec la marmotte.

C'était un bon p'tit chien, un *dolce*, un tout petit bonhomme, un *bonhommie*. Un dolce, un bonhommie. Lorsque je me mettais au lit, immanquablement, il me rejoignait et se couchait dans l'embrasure de la porte. Je murmurais alors ces paroles, assez fort pour qu'il les entende. J'agissais ainsi pour lui faire savoir que je prenais acte de son arrivée. J'ajoutais aussi, c'est un *Massi-Massou*. Je disais : Ça, c'est un bon p'tit chien, c'est un dolce, un bonhommie, un Massi-Massou. Je dois avouer que même encore, en éteignant le soir, je dis ces mots. Je ne les prononce pas très fort, mais ils se disent d'eux-mêmes.

Lorsque l'on coule des jours heureux, lorsque rien n'est à signaler, quand les choses vont leur cours normal, chaque jour suffit à son petit bonheur, on va son petit bonhomme de chemin et le paysage autour de nous présente tant de similitudes avec le paysage précédent que les jours se suivent et finissent plus ou moins par se ressembler, au point de s'effacer de notre mémoire au fur et à mesure qu'ils défilent. Lorsque survient une catastrophe, même mineure, il en va tout autrement. Le temps s'épaissit. Les heures ont beau se succéder, le temps devient opaque, ses grains ne passent plus dans le sablier. Un engorgement s'y produit, la circulation du temps ralentit. L'événement marquant, bien que l'on s'en éloigne insensiblement, apparaît toujours aussi gros dans le rétroviseur. La distance n'y fait rien, le passé ne passe plus, il demeure présent et nous retient dans ses rets. Dans mon esprit, mon chien est encore à l'hôpital vétérinaire. Il est assis tout contre le mur de la salle. Ma femme est debout derrière moi, mon fils sanglote devant. Le médecin, une femme, entre et introduit dans le cathéter une dose de tranquillisant. Le produit fera effet d'ici quelques instants. Je donne à Max un dernier ordre. Du reste, il ne s'agit pas vraiment d'un ordre. Je l'accompagne, et je sais ce qui est bon pour lui et il sait que je le sais. Il a confiance en moi. Je lui dis : Couche-toi, mon beau Max. J'accompagne ces paroles d'un mouvement qui entraîne son corps déjà raidi, qui lentement se pose en bloc, tel une statue de chien sur le plancher de la clinique. La dame injecte la dose létale. Je prononce d'autres mots, des mots d'amour, les derniers mots d'amour. Je respire l'odeur du dedans de son oreille, je l'aspire. Je recueille enfin son dernier souffle.

Un chien qui crève. Voilà tout ce que c'est. Les paroles sévères d'un proche : Vous lui avez donné une belle vie. Inutile de pleurer. Maintenant, c'est fini. Revenez-en ! Ces paroles m'ont été rapportées. Il est clair qu'on nous reprochait un chagrin jugé excessif. Je songeai au poème de Malherbe, à sa *Consolation à Monsieur Du Périer Gentilhomme d'Aix-en-Provence sur la mort de sa fille.*

Ta douleur, Du Périer, sera donc eternelle,
Et les tristes discours
Que te met en l'esprit l'amitié paternelle
L'augmenteront tousjours !

Le malheur de ta fille au tombeau descenduë
Par un commun trespas,
Est-ce quelque dedale où ta raison perduë
Ne se retreuve pas ?

Je sçay de quels appas son enfance estoit pleine,
Et n'ay pas entrepris,
Injurieux ami, de soulager ta peine
Avecque son mespris.

Mais elle estoit du monde, où les plus belles choses
Ont le pire destin,

Et rose elle a vescu ce que vivent les roses,
L'espace d'un matin.

Si on lit l'entièreté du poème, on constate que le stoïcisme proposé par le poète ne s'accompagne d'aucune forme de jugement. Il serait un ami injurieux s'il condamnait avec dédain et sévérité le malheur de l'endeuillé. Un père a perdu son enfant, il s'agit de mettre un baume sur sa blessure en lui faisant valoir les bienfaits de la raison. C'est la voie la plus sûre.

Ne te lasse donc plus d'inutiles complaintes,
Mais sage à l'advenir,
Aime une ombre comme ombre, et de cendres esteintes
Esteins le souvenir.

J'ai lu et commenté ce poème à maintes reprises durant mes années d'enseignement. Certains de ses vers comptent parmi les plus beaux de la langue française : *Aime une ombre comme ombre, et de cendres esteintes / Esteins le souvenir.*

Le poète termine sa consolation en incitant Du Périer à s'en remettre à la volonté divine, puisque, en toute logique, il faudrait accepter cela contre quoi le refus ne peut rien.

La mort a des rigueurs à nulle autre pareilles :
On a beau la prier,
La cruelle qu'elle est se bouche les oreilles,
Et nous laisse crier.

Le pauvre en sa cabane, où le chaume le couvre,
Est sujet à ses loix,
Et la garde qui veille aux barrieres du Louvre
N'en défend point nos rois.

De murmurer contr'elle et perdre patience,
Il est mal à propos :
Vouloir ce que Dieu veut est la seule science
Qui nous met en repos.

Un chien n'est pas un enfant. Raison de plus, dira-t-on, pour mettre le plus rapidement possible un terme à de lassantes jérémiades.

Éduquer son enfant, c'est veiller à ce qu'il devienne autonome. Le champ de cette éducation est large, il s'étend à l'univers, il embrasse les divers savoirs, l'idée, l'action et le politique.

Beauté des soins et leur intensité, l'extrême dépendance du petit enfant. Qui s'atténue au fil du temps. L'émancipation de l'enfant, parents et enfants la réclament. Au début, physiquement, le bébé est condamné à faire du surplace. Il ne peut que remuer. Petits doigts, petites mains en mouvement. Il est sur le dos ou le ventre, selon qu'il a été mis sur le dos ou le ventre. Sa tête ne peut se maintenir droite sur le tout petit cou. Il ne peut s'asseoir ni se redresser à volonté, encore moins se lever, marcher, quitter la pièce et sortir de la maison. Le but de l'éducation et de tous les soins qui s'y rattachent est de permettre cette indépendance le plus tôt possible. Du discours très tôt s'introduit dans la relation à l'enfant : on lui apprend le monde et on le lui apprend tant sur le plan concret de l'existence que sur celui de l'imaginaire. Les idées se communiquent, se partagent et s'opposent. Les différends avec le temps iront s'accroissant, peut-être. L'enfant devenu homme peut se passer de ses parents. Il quittera la pièce et sortira de la maison. Il ira au bout du monde s'il le désire. Pourrait même ne plus jamais donner signe de vie.

Qu'il vienne du chenil, de la fourrière, du refuge ou d'ailleurs, le chien arrive de nulle part et n'ira pas bien loin. Il ne sera jamais un enfant. On le traitera sans doute comme si, mais dans les faits, sa nature, son être sont tout autres. Dès l'origine ou presque, il a été arraché au monde sauvage. Dans le lent processus, qui sait vraiment si les bénéfices l'auront emporté sur l'ensemble des pertes. Domestiqué, il doit maintenant s'en tenir à l'enclos, il se heurte à une porte close. De la maison en feu, il ne saura sortir que si on lui ouvre la porte. Par lui-même, il ne peut rien ou presque. Il est nourri et logé, dépendant totalement de la volonté de ses maîtres. Les allées et venues de l'enfant sont moins circonscrites, moins encadrées. Un chien castré cesse presque de rêver. Pourquoi sortirait-il du jardin ? Les effluves ne taquinent plus sa narine. Il cesse de croître dès qu'il cesse de croire. Il cesse de croire dès que sa quête devient inutile. Dès que sa queue n'est qu'affaire d'urine. Il sera désormais l'eunuque de service. On lui apprendra des tours, il donnera la patte ; mais à l'avenir, il rimera avec les pantoufles de son maître, il sera casanier. Ses désirs se seront effilochés, bientôt arrêtés à sa gamelle.

J'étais le maître de deux chiens, mon chien de maison et mon chien de gouttières. Gouttières comme on le dit pour ces matous qui vont et viennent à leur guise. Guise qui, dans le cas de mon chien, était cependant réduite. Je ne lui ouvrais pas la porte sur le monde. Je l'y accompagnais. Je me lassai vite de la laisse autant que lui. D'un commun accord, nous l'abandonnâmes. Il était pressé, il tirait trop. Je tentai parfois de le dresser à marcher comme font les maîtres-chiens. Mon orgueil froissé en prenait pour son rhume. Dès que j'eus l'assurance qu'il avait compris les limites que je lui imposais, à savoir qu'il ne pouvait traverser la rue qu'avec mon consentement, je laissai tomber la laisse. Mais avec la jeune maturité de ses deux ans, entra bientôt en jeu une réalité qu'on ne devrait jamais sous-estimer. Le jeune mâle n'a qu'une idée en tête. Il n'y a plus de rues qui tiennent lorsqu'une femelle est prête à passer à l'action.

Une chienne en chaleur, c'est le début de l'enfer. Le mâle cesse de manger, cesse de dormir. Il se métamorphose sous vos yeux. Vous aviez un chien, voici qu'il se fait loup. Sur le balcon où vous l'attachez, il hurle à la lune. Vous prolongez la promenade afin de l'accommoder, vous multipliez les promenades. Il ne se calme pas. Rien n'y fait. La femelle commence à peine ses chaleurs, elle habite à deux coins de rue. Il ne sert à rien de proposer l'accouplement à vos voisins, leur chienne est un petit animal de salon, vingt fois plus petit que votre chien. Il faut prendre son mal en patience. Votre chien vous réveille dès l'aurore, vous acceptez de sortir. Votre chien, en attendant que les choses reviennent à la normale, vous éblouit tout de même. Quelque chose en dehors de vous existe pour lui. Il vit dans un univers franchement parallèle.

La fable de La Fontaine illustre assez bien cette dualité. Les avantages de la domesticité sont nombreux. Le maître en effet nourrit le mâtin ; mais sitôt que le loup entrevoit le prix des festins qui lui seront accordés, il renonce à toutes les promesses de confort qu'on lui présente. Loup tant que l'on voudra ; loup affamé pour l'éternité, peut-être ; mais pour qui la liberté l'emporte sur la perspective d'un collier avec lequel on l'attacherait.

Chemin faisant il vit le col du Chien pelé.
Qu'est-ce là ? lui dit-il. — Rien. — Quoi ? rien ? — Peu de chose.
— Mais encor ? Le collier dont je suis attaché
De ce que vous voyez est peut-être la cause.
— Attaché ? dit le Loup : vous ne courez donc pas
Où vous voulez ? — Pas toujours, mais qu'importe ?
— Il importe si bien que de tous vos repas
Je ne veux en aucune sorte,
Et ne voudrais pas même à ce prix un trésor.
Cela dit, maître Loup s'enfuit, et court encor.

Max était encore jeune, c'était au début de l'hiver. Nous nous promenions sur le versant d'une petite colline qui jouxte les tours d'habitation Montpellier et fait face à la voie ferrée longeant le campus du Collège Saint-Laurent. La neige était peu profonde. Le jeune chien était enjoué. Soudain, il découvre quelque chose de souple, de long et de transparent, en tous points semblable à un condom souillé. Il tient la chose dans sa gueule, tout cela l'amuse ; je tente d'intervenir ; la chose disparaît immédiatement, avalée me semble-t-il.

J'étais au comble de l'inquiétude. Je crus voir la chose entraver sa gorge, l'étouffer, obstruer sa tuyauterie digestive. J'examinai attentivement ses selles dans les jours qui suivirent. Je doutai finalement d'avoir vu un condom dans sa gueule. Je fus rassuré.

Cependant, un autre épisode similaire survint au bout de quelque temps. Nous nous promenions dans le parc situé en face de notre logis. Max était libre, le parc désert. Une épaisse couche de neige recouvrait le parc et la patinoire. Soudain, enjoué, voici que Max m'invite à le poursuivre. Il tient dans sa gueule un nouveau trophée. J'ignore de quoi il s'agit. Je l'appelle, il se rapproche. Dans l'obscurité, je crois apercevoir un sac contenant un sandwich. Mon ton devient grave. J'appelle encore le chien qui, par jeu, afin que je le poursuive, s'est éloigné et court maintenant tout autour de moi. Je revois le condom souillé, j'imagine que Max va avaler ce sandwich et que le sac va le rendre malade, peut-être le tuer. Je commence à m'énerver. J'insiste, ma voix se fait plus forte. Max croit que je plaisante autant que lui, que ça m'amuse de lui courir après. Du reste, j'oublie que mon chien n'est pas un imbécile, mais un philosophe. Les philosophes, ça n'avale pas tout rond des sandwichs, avec le sac. Mais je ne comprends pas que mon chien n'est pas un imbécile. Je ne suis pas un philosophe, je suis affolé, je crains le pire, je deviens un fou furieux. Je rattrape enfin mon chien et lui fais savoir à quel point je suis mécontent. Je le secoue, je lui crie des non, non, non ; je vocifère, je l'enfonce dans la neige épaisse, je l'en ressors, je perds le nord. Lui-même est tout déboussolé ; son bon maître, son ami, qu'est-ce qui lui arrive, quelle mouche l'a piqué ? Je l'attache à sa laisse. Je tire violemment. Sa mine est basse. Nous revenons à la maison. Il se fait tout petit. Il marche au pas comme un vrai chien de maître-chien. Nous rentrons chez nous. Je lui intime l'ordre de se coucher. Je le laisse en bas dans le portique. J'éteins la lumière et referme la porte derrière moi. Quelques heures passent. Ses pas dans l'escalier. Le chien piteusement pousse du museau la porte et entre dans le salon où nous regardons la télévision. Je l'invite à monter sur la causeuse avec moi.

Par la suite, Max a toujours renoncé à ses captures, dès que je lui ordonnais de me les rendre. Il avait compris. Quant à moi, j'ai aussi compris que sans le savoir, j'avais eu alors la bonne attitude, ou presque.

En fait, il aurait fallu que je garde mon sang-froid. Que je semonce avec pondération en me contentant de le corriger avec fermeté.

Bien avant ces deux scènes, les yeux magnifiques qu'il avait, tout petit chiot, alors que je tentais de lui faire ouvrir la gueule pour me rendre Dieu sait quoi, cela n'a plus d'importance. En revanche, ce qui en aura, tant que je vivrai, c'est le souvenir, impérissable comme le veut la formule, de ce regard. Dès qu'il m'eut donné l'objet, je regrettai que ce regard se fût modifié, je le crus à jamais disparu. Comment le décrire, moi, qui ne l'ai pas même fixé sur pellicule. Pendant quelque temps, je crus que jamais plus je ne reverrais ce regard. Mais comble de joie, il réapparut souvent par la suite, toujours dans des circonstances analogues. Qu'il s'agisse de chaussettes, de chaussures, de mitaines, de gants ou de toutous, dès que Max s'emparait d'un objet que je m'empressais de lui réclamer, le même visage réapparaissait. Yeux un peu tristes de celui qui ne veut renoncer, mais qui devra se soumettre. Regard d'un vaincu, aux yeux d'une incroyable beauté, d'une infinie tendresse.

Tout cela s'est envolé en fumée. Je n'ai pas demandé qu'on me remette ses cendres, j'ai laissé sur le plancher sa dépouille et nous sommes sortis de l'hôpital en laissant mon pauvre chien à son bref destin de cadavre. Nous ne pouvions plus rien pour lui. En mourant, il venait d'emporter surtout son doux regard de bête, qui avait si souvent tenu dans sa gueule, pour finalement l'entrouvrir docilement, une pièce de vêtement de son maître ou de sa maîtresse.

J'avais peur des voitures, peur qu'il ne se fasse frapper. Je commençai par le dresser, suivant à la lettre les conseils glanés çà et là dans les ouvrages traitant du monde canin. Tout d'abord, je ne laissai pas Max jouer avec la laisse. Les jeunes chiens souvent, lors des promenades, s'emparent de la laisse avec leur gueule et s'amusent à tirer, allant de l'avant, de gauche à droite, secouant énergiquement la tête, traitant la laisse comme ils le feraient d'une proie, d'un serpent, d'un condom souillé. Rigueur, sérieux. Je voulais que mon chien apprenne les rudiments de la bienséance canine, qu'il marche droit et qu'il obéisse. Je ne parvins pas à un résultat très brillant, mais j'obtins tout de même de lui, à force de persévérance et de discipline, qu'il considère les chaînes de trottoir comme des limites au-delà desquelles il était hors de question qu'il s'aventure sans mon autorisation.

La méthode utilisée pour lui faire admettre ces restrictions était fort simple. Dans sa première année de vie, avant de traverser la rue, je le faisais asseoir. Nous patientions quelques instants, puis nous poursuivions notre promenade. Lorsque plus tard, je retirai la laisse, Max, tout naturellement, respecta la consigne. Il s'arrêtait sur le bord du trottoir et m'attendait. À quelques reprises, il lui arriva d'enfreindre la règle. Ma peur qu'il se fît écraser par une voiture était telle que je lui infligeai chaque fois une correction, sans doute exagérée. Dès que je le rattrapais, je le couchais sur le sol, prononçais fortement des non, non, non à la queue leu leu, et le faisais quasi rentrer dans le sol. Ce n'était pas là de la cruauté, mon énervement provenait de la forte émotion dont j'avais été la proie. Je voyais la voiture qui pouvait lui broyer les os, j'anticipais l'accident mortel. Je ne regrette pas ces débordements, ils se justifient. Ce qui se justifie moins, à quelques reprises, trois ou quatre fois dans ma vie, alors que je ressentais de vives colères, que la pression était trop forte, ce fut de faire subir à Max, lors des promenades où il tirait sur la laisse, les contrecoups de mon exaspération, de ma furie, de mes frustrations. Chien bouc émissaire. Mais jamais je ne l'ai frappé.

Tu es venu, j'ai vécu. Correction : j'ai vécu autrement, de manière plus ouverte. J'ai vécu légèrement, respiré mieux et davantage. À l'école des chiens, le chien ignore à quel point il est également le maître. À certains égards, le maître de son maître, non parce qu'il le domine, mais plutôt dans la mesure où il force celui-ci à voir le monde sous un nouvel angle. J'ai dit et répète que l'animal domestique n'est pas un enfant. Force est d'admettre cependant, que si d'ordinaire l'enfant fait le parent, c'est-à-dire met son parent dans la position d'apprendre comment s'y prendre pour aimer, pour éduquer, le chien oblige à une opération similaire. Son arrivée dans la maisonnée ne va pas de soi. Nous devons l'apprivoiser. Certains gestes viennent naturellement, mais pour le reste, il faut s'en remettre aux autres, à leur expérience.

Chose certaine, on n'aura besoin de personne pour savoir qu'un chien n'utilisera pas les toilettes. Ses besoins personnels, il les fera dehors. Nous devrons faire sortir notre chien. Là commence la merveille, du moins l'une des merveilles.

Avant Max, je ne sortais que pour aller au travail, faire des courses, mettre les poubelles à la rue. À l'automne, la corvée des feuilles mortes ; l'hiver, le pelletage et les bonhommes de neige quand les enfants étaient jeunes ; au printemps, observer le retour des oies en V par-dessus le toit ; en été, la tondeuse, lire le journal sur le balcon.

Avec Max débuta un nouveau mode de vie. Le sédentaire, matin et soir, dut renoncer à ses pantoufles et mettre le nez dehors, et même affronter, par mauvais temps, les intempéries : pluie, verglas, neige ou encore soleil torride et grande humidité de l'été. Sortir. Pour aller où ? Le tour du parc d'en face est chose vite faite. Restent les rues tout autour. Et les ruelles. Plus loin, dans toutes les directions, d'autres parcs, les campus des collèges, les cours d'école, un ou deux terrains vagues, un petit boisé à l'autre bout de la ville.

Avant de l'avoir parcouru en long et en large, à la marche bien entendu, on n'a pas idée des beautés que recèle un quartier. L'automobiliste ignore à peu près tout de la ville qu'il parcourt, presque tout du quartier où il habite. À trente ou quarante kilomètres à l'heure, les maisons défilent à droite et à gauche. Cette forme de cinéma ne peut guère retenir l'attention. Ces maisons se ressemblent en ce qu'elles ne livrent aucun secret. À peine voit-on y entrer ou en sortir âme qui vive. On ignore qui habite à deux rues de chez soi. Un chien qu'on promène, c'est le début d'une vie nouvelle.

Le livre l'a dit. Le type rencontré avec son vieux chien l'a redit. Il faut socialiser le chiot. D'accord, on le fera. On tient à bien faire les choses. Alors, puisqu'il le faut, puisqu'il ne s'agit pas que de lui permettre de faire ses besoins, on cherche à lui faire rencontrer d'autres chiens, de grands, de petits, de jeunes, de vieux chiens, mâles, femelles ; des enfants aussi, des bébés, des adolescents, des vieillards. On sort de chez soi.

Moi, tout de même un peu phobanthrope, quelque peu asocial, voici que pour bien faire les choses, parce que j'aime ce tout jeune chien, je lui fais rencontrer des tas de bêtes et d'humains. Je me rends, soir et matin, dans la cour de la vieille école abandonnée, tout près de chez moi, là où s'assemblent maîtres et chiens du quartier. Je fais la connaissance d'individus, dont certains deviendront des amis, des gens que j'estimerai, des sortes de collègues. Je vois également dans les rues, devant leur maison, sur les artères commerciales, de nouveaux visages. Des voisins désirent caresser mon chien, me demandent son nom, son âge. De jeunes enfants se montrent également curieux. Des dames d'un certain âge admirent sa beauté. Dans toutes les rues, là où les maisons étaient anonymes, Max me fait rencontrer des gens dont j'ignorais tout. Des facteurs, des enseignants, des médecins, des banquiers, des garagistes, des pompiers. Tout ce beau monde vivait à deux pas de chez moi. Je ne connaissais personne. Je croyais vivre dans un village fantôme, j'y étais plutôt une sorte de mort-vivant. Maintenant, le vent me vente dessus, la pluie pleut sur moi. Tout autour de moi, il y a du soleil, des arbres, des fleurs ; j'entends le chant des oiseaux. Je vois l'arrivée du merle le jour même où il se présente dans les parages. Et non trois semaines après son arrivée. Mon teint se colore, ma silhouette de marcheur s'affine.

Pas si vite, mon ami. Je ne veux pas que tu t'en ailles. Laisse-moi te retenir ici, encore quelque temps, puis je te laisserai partir.

D'où lui venait ce pelage si doux ? Tout près de ses oreilles, j'oublie précisément où ; cela commence à s'enfoncer lentement dans le temps. Plutôt non, cela ne disparaît pas tout à fait. Mais cela se produisait dans un quotidien qui n'est plus. C'étaient là des gestes automatiques, spontanés, naturels, réalisés presque à mon insu. Il était à mes côtés, je posais la main sur lui et le caressais, un peu distraitement. Lorsque j'arrivais à l'endroit où les poils étaient soyeux, je prenais conscience de cette soie, de cette douceur extrême. Là où se trouvait cependant l'affreux collier, le poil avait subi les frottements métalliques de l'étrangleur. Ce poil était devenu rugueux ; le collier avait tondu le col de Max, en avait hérissé le petit pelage, maintenant dru. Sous le ventre du chien, les poils souvent s'entremêlaient et s'aggloméraient à cause des déjections, urine et sperme de ses pollutions nocturnes. Il fallait souvent nettoyer cette région.

À bien y penser, le poil doux se situait sur son poitrail, qui constituait une bavette généreuse et somptueuse, comme un plastron. Plutôt une sorte de crinière royale. La bête avait un port de tête empreint de noblesse, qui posait sur le monde un regard philosophique de statue.

Quoi ?

Oui, un regard de philosophe, sage et tranquille. Je revois Max, assis sur le perron étroit et peu profond, devant la porte d'entrée, s'appuyant de l'épaule contre le fer forgé de la rampe d'escalier. Il est calme, il observe les allées et venues dans le parc. En toutes saisons, il passait des heures ainsi posté. L'été, notre porte en tout temps était ouverte. Lorsque le soleil plombait, il entrait se coucher sur les dalles fraîches du portique, dans la tranquillité de l'ombre. Il ne bronchait même pas au moment où le facteur montait les marches pour distribuer le courrier dans la boîte postale. N'aboyait pas lorsque se présentaient les camelots. Ne se manifestait bruyamment que si certains chiens passaient dans l'allée du parc. On eût dit que la tête de quelques-uns ne lui revenait pas, ou plutôt qu'il lui fallait leur rappeler qui était le vrai chef, alors qu'il laissait tout bonnement filer ses copains et copines sans même les saluer. Seuls les intrus, mâles pour la plupart, et porteurs de couilles, l'indisposaient.

D'où lui venaient ce pelage si doux et cette superbe d'aristocrate ?

Le border collie hérité de sa mère lui avait conféré une taille plus petite que celle de la majorité des goldens, avait aussi contribué à une abondance du pelage au niveau de la queue. Sa longue queue était bien garnie, fort touffue. Lorsque je brossais Max, et en été quotidiennement, je terminais la séance de brossage en m'attaquant à la queue. Une fois le supplice du toilettage terminé, Max pouvait enfin se reposer. Je ne le métamorphosais pas en petit objet décoratif, à l'image d'une poupée de salon, mais sa beauté était telle qu'on croyait souvent avoir affaire à une chienne lorsqu'on rencontrait Max pour la première fois. Cette impression de féminité était due en grande partie à ce long pelage, mais également à la douceur de ses traits, à l'amabilité de sa physionomie. Il n'avait rien du féroce gardien de propriété. Il ne grognait ni ne montrait les crocs, sauf bien entendu en situation de conflit, comme lorsque les chiens, de part et d'autre d'une clôture, se crient sans ménagement des méchancetés.

Et cette noblesse, chez un chien sans pedigree, qui plus est, un chien issu d'un croisement, n'était pas une vue de l'esprit. Cette bête était brave et courageuse. Elle avait la prétention d'être qui elle était. Quelque chose l'élevait au-dessus du reste de la meute. Elle s'inscrivait dans une quête. Max était Don Quichotte. Quelque part dans le vaste monde l'attendait une Dulcinée du Toboso, qui aurait pu donner à la postérité une portée de chiens valeureux et affectueux. Je n'ai pas favorisé activement cette rencontre, je le déplore. J'ai attendu que le hasard favorisât notre chien. Le sort en décida autrement.

Si je le brossais souvent en été, ce n'était pas pour des motifs esthétiques, mais afin d'éviter que les poils n'envahissent notre domicile, pour des raisons d'hygiène domestique et canine. Je brossais longuement et remplissais de poils des sacs entiers, format sac d'épicerie, au nombre de trois ou quatre à la fois. Je n'arrêtais de brosser que par fatigue mutuelle. Le chien se lassait de tant de docilité, mon bras s'épuisait, j'avais d'autres chats à fouetter.

Le lendemain, même scénario. Puis, les jours de l'été s'enchaînaient et la récolte progressivement s'atténuait. Le lendemain, je faisais relâche. Avec la fin de l'été, les séances de brossage s'espaçaient.

L'hiver dernier, vers la mi-mars, alors que Max avait été quelque peu négligé à ce chapitre, je sortis sa vieille brosse et lui donnai un brossage en règle. Une fois parvenu à la queue, je remarquai à l'orée de son anus une boule de la grosseur d'une bille. C'était un amas de chair toute rose, rembrunie par une mince croûte d'excréments. Je crus avoir affaire à une glande anale. Je savais qu'il existe une technique pour vider les glandes anales, mais je considérais que le vétérinaire s'y prendrait mieux que moi. Cette glande anale expliquait peut-être les odeurs nauséabondes dont nous avions parfois à nous plaindre en présence de Max. Je pris rendez-vous à la clinique.

Sitôt la bête examinée, le diagnostic tomba comme un couperet. Cette boule, en réalité, était une tumeur. On ne pouvait pas opérer, impossible de la retirer, en raison de sa proximité avec l'anus. Une ablation aurait rendu Max incontinent. Cette région étant trop innervée, pas question d'intervenir. Seule une castration pouvait ralentir la progression de la tumeur. La castration éviterait la prolifération d'autres masses du genre et permettrait possiblement à la tumeur de se résorber, en tout cas, elle freinerait l'apparition d'éventuelles fissures susceptibles d'occasionner de pénibles saignements.

Le verdict m'atteignit droit au cœur. Je fus au comble de l'inquiétude. Tumeur pour moi était synonyme de cancer.

Une prise de sang me rassura, qui fut réalisée je ne sais quand, avant, durant ou après l'opération. La tumeur était bénigne.

Mon chien revint à la maison ; au fond, inchangé, malgré la castration. Son caractère demeura enjoué, c'était le même chien. Il dut porter un collier élisabéthain durant une dizaine de jours. Comme il était très sage et ne cherchait pas à lécher la région touchée par l'intervention, je le libérai assez rapidement de cette contrainte, du moins durant les promenades et lorsqu'il se reposait le soir, près de nous, au salon. Au moment du coucher, par précaution, je lui remettais le cône. Nous l'entendions la nuit heurter les cadres de porte lorsqu'il se déplaçait.

Ce matin, alors que je faisais du ménage au sous-sol, j'ai découvert deux petites reliques de poils de Max, du vieux poil poussiéreux, gris et sale. Je l'ai recueilli et mis dans un sac à sandwich en plastique. J'ai remisé le sac dans une petite armoire qui renferme des outils, des clous et des vis ; des choses du genre, bouts de ficelle, pots de colle, etc. J'ai alors songé à mes récoltes estivales, de poils si blancs, si roux, si doux, de poils par milliers, que j'avais si souvent rassemblés et mis aux ordures en disant à la blague que nous aurions pu mettre sur pied une entreprise de fabrique d'oreillers. Je me suis dit tristement que ces poils étaient les derniers vestiges de ce qu'avait été, physiquement, mon chien. Mis à part ces misérables poils miteux, il ne reste plus rien de Max.

Il est mort, il y a de cela sept semaines.

Je ne peux ni ne veux laisser mon bel ami disparaître tout à fait. Le bien qu'il m'a fait, je veux le lui rendre en écrivant à son intention une sorte d'oraison funèbre. Je sais que mon chien n'était qu'un chien. Mais les rois anciens, qui ne descendaient au tombeau qu'avec leurs animaux de compagnie, n'étaient pas plus fous que moi. Ils reconnaissaient la divinité des dieux qui dorment à nos pieds. Mon chien dort ailleurs son sommeil éternel. Il n'était qu'un chien, mais je dois murmurer encore un peu dans le creux de son oreille les mots dont j'ai besoin pour le laisser s'enfoncer plus avant dans le passé.

Je sais que Max était un chien intelligent. Il est cependant difficile de justifier cette affirmation. Il ne comptait pas jusqu'à dix, du moins pas à voix haute. Il ne répondait pas au téléphone, ne parvenait pas à déverrouiller une porte, à conduire une voiture. Il ne lisait pas les mêmes livres que moi, ne discutait pas longuement de l'existence de Dieu ou de la vie après la mort. Son savoir était restreint.

Ses habiletés n'avaient rien de comparable à celles des chiens de cirque, des vedettes de la télévision ou du cinéma. Au-delà de la patte donnée, je ne lui avais rien appris. En fait, je n'aurais pas trop su comment m'y prendre. Si j'avais été moins ignorant, j'aurais pu le dresser de manière à en faire un chien savant. Certes, il obéissait aux commandements habituels, s'asseyait, se couchait, venait lorsque je l'appelais, arrêtait de marcher si je lui en donnais l'ordre. Tout cela est on ne peut plus normal. Mais j'insiste, il était intelligent.

Quand arrivait l'heure de la promenade, s'il était dans mes plans de la différer quelque peu, j'évitais de faire certains gestes qui auraient pu lui transmettre de faux signaux, comme par exemple mettre une veste ou me chausser. Car inévitablement, de tels gestes le mettaient en mouvement. Il commençait alors à s'énerver afin de m'inciter à me hâter. C'était sa manière de me faire savoir qu'il désirait sortir. Si, pour ma part, je ne le souhaitais pas, Max se calmait dès qu'il constatait que je m'installais à mon bureau ou sortais ma guitare de son étui.

Lorsque nous faisions le tour du parc, nous devions momentanément passer par le parking de la mairie. Tout au long du stationnement des bureaux de l'arrondissement, Max marchait sur la bordure de ciment. Longtemps, je me suis demandé pourquoi. Je réalise aujourd'hui que c'était en raison de l'interdiction que je lui avais faite de mettre le pied dans la rue. Il marchait sur cette étroite bande de ciment, sur une distance d'environ 200 mètres. Le parc était situé de l'autre côté d'une haie d'arbustes clôturée. Il y avait peu de place pour circuler. Il optait pour la surface plane du ciment et ne posait jamais les pattes sur l'asphalte du stationnement. Cette attitude était curieuse et c'est aujourd'hui seulement que l'explication m'est venue, alors que je me promenais seul et que j'empruntais à nouveau ce circuit.

Certaines gâteries de Max étaient rangées dans la salle de lavage. Le soir, après son souper, je lui offrais toujours un petit dessert. Un biscuit ou deux complétaient son repas. Parfois, si Max avait une petite fringale, il allait de lui-même se coucher dans cette pièce. Il savait que je finirais par le rechercher, et qu'au moment où je le retrouverais, je lui donnerais à nouveau une collation. Il n'allait dans cette pièce que pour m'y attirer.

Si nous regardions la télévision au salon, Max parfois s'impatientait. Parfois, c'est-à-dire principalement lorsqu'une femelle était en chaleur. Il devait impérativement sortir. Constatant que j'avais plutôt l'attitude du maître vautré dans son fauteuil, franchement absorbé par son journal ou la télé, il quémandait une toute petite faveur de rien du tout, une faveur qu'il savait que je ne lui refuserais pas, une sorte de pis-aller. Il demandait le balcon. En se postant devant la porte du salon, il tournait en rond et manifestait frénétiquement son excitation, son désir pressant d'aller sur le balcon. Je finissais par obtempérer. Je me levais et me dirigeais vers la porte. C'est alors qu'il se mettait à courir plutôt dans la direction du hall afin de demander l'autre porte, celle qui ouvrait sur l'escalier menant à la porte qui donne sur la rue, sur le parc en face, et qui le conduirait à la femelle en chaleur, dont il allait flairer la piste en moins de temps qu'il n'en faut pour dire : Max, tu m'as bien eu !

Le stratagème me plaisait. La plupart du temps, je lui concédais la victoire. Une fois debout, pourquoi différer ? De toutes manières, il allait bien falloir que nous sortions. Autant sortir tout de suite, la télé pouvait attendre ; j'aimais moi aussi les longues promenades. Je maugréais pour la forme. Même si Max tirait furieusement sur la laisse, même si parfois je m'impatientais et reprenais à la base les rudiments de la marche à la laisse, au pas, au pas, au pas ; j'admirais secrètement sa vitalité, je souscrivais entièrement à sa quête, qui cependant me paraissait vouée à l'échec, et je marchais d'un bon pas, au pas de mon chien devenu chien-loup, totalement absorbé par ses obsessions de chienne en chaleur, par l'urgente nécessité de satisfaire ses instincts de bête.

Alors que nous séjournions brièvement dans un logement à Notre-Dame-de-Grâce, Max avait dû apprendre à composer avec une nouvelle réalité. L'escalier qui conduisait à la porte du logis était fort exigu. Le portique l'était également. Entrer dans la maison ne présentait aucune difficulté, mais en sortir posait quelque problème. La porte ouvrait sur l'intérieur. Comme le portique était à peine plus large que la porte et comme cette dernière, une fois ouverte, rejoignait quasiment la marche du bas de l'escalier, il était impossible de l'ouvrir et de sortir sans d'abord exécuter un mouvement de retrait vers l'arrière. Il fallait reculer avec la porte, quasiment remonter sur la marche, puis s'engager dans l'embrasure. Avec le chien, impatient de sortir, ces mouvements s'exécutaient difficilement. En effet, Max s'obstinait à coller son nez contre la porte, afin d'amorcer au plus vite sa sortie. Mais cette position rendant impossible l'ouverture de la porte, je devais lui demander de reculer et de remonter sur les marches, afin que je puisse ouvrir. Ce manège ne se répéta pas dix fois. Très rapidement, Max comprit la situation. De lui-même, il s'arrêtait désormais sur la quatrième ou la cinquième marche, me permettant ainsi d'ouvrir. Après quoi nous pouvions sortir.

Les randonnées étaient amusantes dans ce secteur de la ville. Un immense parc était situé à quelques pas de la maison de notre hôte. Le campus d'un collège offrait aussi des attraits.

Après notre bref séjour à NDG, alors que nous étions de retour dans notre propre domicile, Max me surprit agréablement. Au moment de sortir pour la promenade, il descendit l'escalier et, à mon grand étonnement, s'arrêta sur la cinquième marche. Je descendis le reste devant lui et il me rejoignit ensuite. Les jours suivants, il reproduisit la scène à l'identique. Il avait alors environ quatre ans. Jusqu'à la fin de sa vie, invariablement Max s'arrêta sur la quatrième ou la cinquième marche. J'ouvrais la porte et nous sortions.

Je n'ai jamais autant marché qu'avec lui. Depuis, si je marche seul dans le parc, je pense à lui. Alors que ma promenade est brève, je trouve le temps long. J'essaie de marcher d'un bon pas ; j'y parviens difficilement. J'admire le ciel, les branches des arbres ; mais c'est par principe que je les admire. Je m'efforce tout de même de poursuivre ce que lui et moi avions entrepris ; il me semble qu'en sa mémoire je dois marcher afin de demeurer en bonne santé, que je ne peux pas le laisser tout à fait tomber, que je ne peux pas me laisser moi-même sombrer dans la morosité.

Au bout de dix minutes, je finis par ne voir aucun intérêt à mon petit manège de hamster dans sa cage. Je traîne mon atonie. Le tout petit parc me semble infiniment grand. Je rentre à la maison et sors ma guitare de son étui. C'est une très belle guitare, une Boucher haut de gamme, commandée à l'atelier et faite en bois de je ne sais plus trop quelle essence. Elle m'a coûté les yeux de la tête, précisément le prix de l'ablation d'une rate de chien. Elle est magnifique. Bien entendu, je la céderais volontiers au premier venu, si en échange il pouvait ramener mon chien à la vie.

C'était durant les vacances du Noël qui suivit l'effondrement des tours du World Trade Center. Je regardais distraitement par la fenêtre de la salle de lavage ; en fait, il s'agit d'une pièce contenant mille et un objets hétéroclites, dans laquelle se trouvent également un poste de travail et de nombreux livres. J'observais dans le jardin de ma voisine une scène amusante. Son beau golden, un mâle impressionnant par sa taille et sa majesté, était assis dans la neige et subissait les assauts incessants d'un chiot, sa réplique en miniature. Le tout petit chien allait et venait, enjoué, courait dans toutes les directions, faisait des cabrioles, sautait devant le grand chien, l'invitait à se joindre à ses ébats et se permettait même de le monter, se plaçant derrière lui et se laissant aller à son petit manège de mâle apprenti. La scène se passait non pas chez les voisins immédiats, mais juste à côté. Il faut préciser que les maisons dont je parle sont en réalité des duplex semi-détachés. De ma fenêtre, à l'étage, mon regard enjambait la cour du voisin immédiat pour se poser dans le jardin du duplex attaché au sien.

Je connaissais le mâle de ma voisine depuis quelques années ; je dois préciser que ma voisine est également ma cousine. Qu'elle eût ajouté une nouvelle bête à sa ménagerie m'étonnait quelque peu. Enfin, c'était de ses affaires.

Quelques jours plus tard, alors que ma femme et moi avions décidé de nous rendre au cinéma et que je faisais les cent pas sur le trottoir en l'attendant, ma cousine sortit de chez elle. Je lui fis part de mon étonnement. Je lui parlai de son nouveau petit chien. Elle m'expliqua qu'il ne s'agissait pas de son chien, mais plutôt du fils de Shadow, Shadow étant son gros golden. Elle hébergeait le fiston en attendant qu'on trouvât à le placer.

Ce petit chien se nommait Pilou. Ma cousine m'invita chez elle afin de me le présenter. Elle suggéra même que j'en devienne le maître. Je balayai cette proposition du revers de la main. Curieux, j'entrai néanmoins chez elle et vis alors le plus charmant petit chiot qui se pût rencontrer. Non, non, jamais je ne pourrais accueillir ce chien chez moi, mais, en attendant qu'il trouve preneur, il me ferait plaisir de le mener en promenade. Ma cousine accepta ma proposition.

Le lendemain, je frappai à sa porte. On fixa une laisse au collier du chiot, et lui et moi partîmes en promenade. Moins de cent pas suffirent à m'attacher à la petite bête. Il ne s'était écoulé que deux ou trois minutes que déjà le charme opérait. Je regardais avec un vif plaisir cette petite chose vivante, toute couverte de poils, avec des yeux si brillants, quoique la nuit fût déjà tombée. Pilou était curieux de tout. Ses petites oreilles rousses s'abaissaient et se redressaient lorsque surgissait un nouvel élément devant son regard inquisiteur. Soudain, je réalisai qu'un tel spectacle ne pouvait, pour moi, prendre fin du jour au lendemain, sous prétexte qu'un individu quelconque, sorti de je ne savais trop où, pouvait se décider à tout moment, selon son bon caprice, de lier son destin à celui de ce petit chien, que moi, présentement, je prenais tant de plaisir à promener.

J'ignore aujourd'hui les aléas véritables du travail qui s'effectua en moi, combien de secondes exactement il me fallut pour arrêter ma décision. Je sais que j'informai ma femme de ce qui m'agitait, que je la consultai et que nous mîmes alors fort peu de temps pour en arriver à une décision. Ce chien allait devenir notre chien. Le sort en était jeté.

Ce n'est pas du petit chiot que je m'ennuie, ce n'est pas lui que je pleure.

Le vieux chien me manque. En moi, il prend tout son temps, avant que j'accepte vraiment de le laisser partir. C'est pour retenir Max que je renoue ici avec le petit Pilou.

Le couple qui l'avait accueilli au début de l'année 2002, aujourd'hui n'existe plus. Il s'est transformé pour devenir un autre couple. Les individus changent, les bêtes également. Si bien que je puis dire qu'au fil du temps, il aurait été ridicule de déplorer que le jeune chien disparaisse peu à peu dans le nouveau Max qu'il devenait chaque jour. Il n'est pas triste que Pilou se soit métamorphosé, que Max ait sur lui finalement pris le dessus et que les choses pour lui aient suivi leur cours normal. Les différentes phases de son évolution n'ont rien de triste. Le processus est connu, mais comme il s'élabore avec une certaine lenteur, il passe à peu près inaperçu. Le passage du chiot craintif au jeune mâle assuré se joue en quelques mois. Le chien devient progressivement adulte ; après, il change peu. Du moins physiquement. Des modifications psychologiques, notamment sur le plan de ses relations avec les autres chiens, par exemple en ce qui concerne le jeu, finissent par apparaître. Avec l'âge, le chien cherche moins à s'amuser avec ses compagnons. Il est plus tranquille. Ne s'agite que pour des questions de hiérarchie.

Une affiche chez le vétérinaire, illustrant les divers stades de l'évolution du chien, un jour nous frappe de plein fouet. On y indique que le chien de sept ans, chez les chiens de moyenne à grande taille, appartient à la catégorie des seniors. Autrement dit, il a atteint l'âge d'or. Il est en âge de recevoir sa pension de vieillesse. Il est parvenu au commencement de la fin.

Pourtant, on regarde son chien et on se dit qu'il est toujours le même. Il est encore infatigable, il peut marcher durant des heures, courir sans relâche après un autre mâle, enfin parvenir à le monter ; la meute le respecte. Bref, il va vivre encore longtemps, c'est sûr. On en veut pour preuve le cas de Bentley. C'est un golden, il n'est pas castré, il est en pleine forme. Un de ces jours, il va mourir ; mais finalement il ne meurt qu'à l'âge de quinze ou seize ans. Une autre golden, Chanel, meurt de sa belle mort, tout doucement, durant la nuit. Alors qu'elle est âgée de quatorze ans, ses maîtres, au matin, la retrouvent inanimée au pied de l'escalier. Morte de sa belle mort. Pour sûr, il en ira de même avec Max. C'est là une certitude qui va de soi. Elle s'ancre si bien en moi que je finis par ne pas vraiment voir que mon chien, dès le printemps 2013, manifeste de grands signes d'épuisement. Mais il est si discret, je ne réalise pas ce qui se passe en lui. On dirait qu'il cherche à m'épargner. Il camoufle sa maladie en se drapant des signes de la vieillesse.

Pilou m'attendrit. Il n'est jamais allé très loin. Il s'est insinué dans le corps et l'esprit de Max. De temps à autre, il resurgissait. Moins d'une semaine avant que Max ne soit euthanasié, Pilou s'est emparé d'une botte d'enfant et s'est mis à trotter dans la maison. Nos petits visiteurs s'amusèrent de la chose. Je dus poursuivre mon chien à travers l'excitation des enfants, afin de récupérer la botte. Qui donc aurait pu dire alors que ce chien était gravement malade ? Qui aurait pu prévoir qu'il allait mourir sous peu ?

Cinquante-deux jours après son décès, je compte encore les jours. Mais la grande marée d'émotion ne me soulève plus, elle s'est retirée pour ne plus revenir. Je puis voir le collier de Max dans le coffre arrière de ma voiture sans être ému aux larmes. Désormais, ce que je fais, je le fais en pensant à autre chose qu'à mon vieux chien. Il n'est toutefois jamais loin de moi, de mes pensées, mais la douleur a cédé la place à un certain bonheur. Lorsque je suis avec mes petits-enfants, je suis totalement avec eux. Max n'occupe plus le centre de ma galaxie. Je lui dis merci d'avoir été. Il peut maintenant se coucher à mes pieds pour le peu d'éternité qu'il me reste encore à vivre.

Mes vieux amis de chiens, lorsque je les rencontre au hasard de mes rares sorties, me prédisent un nouveau chien d'ici quelques mois. Non, non ! Je veux passer à autre chose. Voyager, cultiver mon jardin, lire, écrire, m'occuper de ma famille. En somme, je dis à ces amis compatissants que j'ai d'autres projets. Et je jure que jamais, jamais, je n'aurai un autre chien. Une chienne peut-être ; mais un autre chien, jamais.

Pilou, nom enfantin, trouvé dans un livre d'enfant. Un chien émasculé aurait pu porter ce nom, mais ce n'est pas en songeant à ce détail que l'on entreprit de lui en chercher un autre. La fillette, qui avait assisté à la naissance des chiots et tenu son Pilou dans ses petites mains dès les premières minutes de son existence, s'était considérablement attachée au fils de Shadow. Le nouveau patronyme dut sans doute l'aider à réaliser, puis à accepter que ce chien n'était désormais plus le sien.

Pour notre part, nous ne cherchâmes pas trop loin son nouveau nom. Il avait passablement circulé dans notre famille. Maxime était le nom désignant notre hypothétique troisième enfant. Nos enfants désiraient un petit frère ou une petite sœur, ce prénom convenait et pour l'un et pour l'autre sexe. Ils nous demandaient fréquemment de concevoir ce petit frère ou cette petite sœur. Avez-vous fait Maxime ? demandaient-ils au retour de l'école. Faire Maxime, voilà qui était devenu chez nous une expression désignant les gestes de l'amour.

Je ne savais pas alors que de nombreux chiens portent ce nom. Incidemment, je rencontrai bientôt un Max à quatre rues de chez nous, un golden de surcroît. Lorsque nous passions dans la ruelle où ses maîtres le laissaient courir en liberté, cet autre Max tentait souvent de dominer le nôtre. Vers la fin de sa vie, alors qu'il cherchait encore à l'intimider, mon Max le renversa rudement et le maintint longuement sous son joug, entre ses pattes, grognant et menaçant. Puis, devenu encore plus vieux, l'autre Max fuguait. Nous le croisions parfois, je le ramenais alors à ses maîtres.

Enfin, les Max abondaient. Une collègue me le fit remarquer, non sans commenter notre manque d'originalité. Elle n'avait sans doute pas tort, mais le nom convenait et je ne regrette pas qu'il ait été ainsi nommé. Nous aurions pu l'appeler Husdent. Mais je n'ai connu Husdent qu'après l'arrivée de Max. Du reste, Husdent, cela me paraît précieux. Il s'agit du chien de Tristan, l'amoureux médiéval. En reculant plus loin dans le temps et la culture, j'aurais pu ressusciter Argos, le chien fidèle d'Ulysse. En fait, nous aurions pu nous creuser la tête longuement ; nous n'aurions jamais trouvé prénom plus séant.

Bien sûr, l'affection est inventive et supplée la carence du nom unique. Par un certain débordement de langage, on cherche à exprimer ses sentiments. Max devint parfois Maxou, Maxi, Massilein, mot-valise prononcé avec l'accent allemand, parce que dérivé de *schätzlein*, qui signifie mon chéri. Je le nommai Massoud, d'après le bel et charismatique commandant afghan, Massou, Monsieur Monsieur, Monsieur Madame (parce qu'il était gracieux et beau), Monsieur Mademoiselle (parce qu'il était encore plus gracieux et beau que je ne l'ai dit). Et j'en passe. Par exemple, Monsieur Fidélité (parce qu'il était encore plus fidèle qu'Husdent et Argos ensemble), puis Monsieur Jalousie, lorsque je faisais de trop bruyants câlins à mon petit-fils.

Avant Max, il y avait donc eu Pilou. Et ce Pilou avait des sœurs. Trois d'entre elles avaient trouvé acquéreur. Restait une petite chienne, l'antithèse de Pilou. C'était une chienne toute noire, l'envers parfait de Pilou. Ce détail excepté, le frère et la sœur étaient identiques. Lors de notre première rencontre avec Max, la petite sœur était peut-être dans le décor. Chose certaine, nous eûmes la possibilité de choisir entre elle et lui. Un temps, l'idée de prendre les deux chiens trotta dans notre esprit. Nous y renonçâmes rapidement. Il fallait se résoudre à choisir Scarlett, la petite chienne noire, ou Pilou, le petit chien blanc. Femelle versus mâle. Le genre ne fut pas notre critère. Sa couleur nous fit pencher pour le mâle. Mais ce qui compta surtout, ce fut sa belle tête. Elle le révélait dès le premier coup d'œil. La personnalité du chiot se livrait d'emblée. Dès l'abord, il apparaissait tel qu'en lui-même.

Enfin, Pilou quitta la maison voisine et Max vint s'installer chez nous. Souvent, dans les années qui suivirent, si la porte de ma cousine était ouverte et que Max fût alors en liberté, il s'engouffrait chez elle. L'idée de revoir le petit chat Mine-Mine l'y attirait et l'écuelle de son père toujours bien garnie également.

Le 22 janvier 2002, jour de l'anniversaire de naissance de ma défunte mère, Max arriva chez nous. Je ne savais pas qu'à l'école des chiens, j'allais apprendre tant de choses. Maintenant que j'ai gradué, diplôme en main ; maintenant que mon chien s'en est allé, je continue d'apprendre. Une grande vacance commence, dans le sens de vacuité. Dans son éternité d'absence, je réalise que même mort, Max permet que se poursuive en moi un certain travail de la pensée qui, conjointement à un brassage d'émotions, constitue ce qu'on appelle un deuil.

Nous avions acheté le nécessaire dans une animalerie. Colliers, laisses, divers articles de toilettage, balles, jouets de chien, gamelles pour le boire et le manger ; rien ne manquait. À notre joie se mêlait une certaine appréhension. La nouveauté suscitait quelques interrogations. Comment se comporterait-il ? Comment allions-nous nous adapter à cette nouvelle présence ? Allait-il pisser partout et déféquer de manière incontrôlée ? Dormirait-il la nuit ou nous réveillerait-il à deux ou trois reprises avant l'aurore ?

Il eut droit à un petit coin bien à lui, obtint une couchette, des couvertures, le tout agrémenté de vieux toutous. Afin de délimiter son espace, je posai une vieille porte en travers de l'ouverture du salon pour lui en interdire l'accès. Cette précaution s'avéra bientôt inutile. Le chiot ne mordillait pas les pattes du divan, ne se montrait coupable d'aucun mauvais coup ; surtout il était propre. Et pour cause. Par précaution, j'avais décidé de lui imposer un horaire très strict en ce qui avait trait aux sorties. Dès que je mettais le pied en dehors du lit, je m'empressais de m'habiller. Nous habitions alors à l'étage et le chiot était trop jeune pour descendre les marches de l'escalier de fer forgé afin d'accéder au jardin. Il fallait donc une promenade en règle. Le pipi du matin s'accompagnait d'une selle. Notre première promenade durait souvent une heure. Si je ne travaillais pas ce jour-là, nous retournions à l'extérieur un peu avant midi. Après le repas, un autre petit tour dehors. En fin d'après-midi, une nouvelle randonnée. Nous soupions, je le sortais à nouveau. Et une fois encore en fin de soirée.

Si nous comptons bien, le chiot sortait au minimum six fois par jour. À ce rythme, il ne pouvait pas vraiment s'échapper à l'intérieur ni faire de dégâts. Il lui arriva cependant d'uriner à quelques reprises dans la maison, mais ces petits pipis étaient dus à l'excitation. S'il arrivait des visiteurs, ma fille et son conjoint, mon fils et sa copine, ou si le jeu devenait trop intense, Max urinait légèrement. Nous n'en faisions pas grand cas.

À l'occasion d'une de nos premières promenades, j'eus droit à une leçon. Mon petit chien était jeune. Pour ma part, âgé de quarante-neuf ans, je ne l'étais plus tout à fait. Mon comportement en témoignait. Je ne cherchais pas à exciter mon chien. Jamais je n'aurais songé à me tirailler avec lui. Du reste, je n'avais aucune expérience. J'avais tout à apprendre. Il fut mon professeur canin.

C'était la nuit, nous venions d'entreprendre la dernière promenade du soir. Nous avions marché jusqu'à une école située à un demi-kilomètre de la maison. Nous étions dans la cour de cette école. Je le maintenais prudemment en laisse, craignant qu'il ne se mette à courir et finisse par disparaître à l'autre bout du monde. C'était là une peur déraisonnable, que j'exagère bien entendu. Tout de même, je manquais d'assurance, et l'idée que le chien puisse s'enfuir et que des désagréments s'ensuivent, voire un accident, qu'il se fasse frapper par une voiture, cette idée me préoccupait. De méchants scénarios me tracassaient, si bien que je préférais prévenir plutôt que guérir.

Soudain, par une habile contorsion, Max se dégagea de son collier. Voilà qu'il sonnait enfin l'heure de la récréation. Libre, il courait autour de moi et m'invitait au jeu. Il était heureux et s'amusait. Trop de sérieux était inconvenant, il me le faisait savoir. Il m'apprenait aussi qu'un chien heureux ne prend pas nécessairement la poudre d'escampette à la moindre occasion, ne file pas à l'anglaise lorsqu'il est avec son maître, ou s'il est en bonne compagnie.

Cette scène, qui en dit long sur ma nature, qui en dit davantage sur le caractère aimable de Max, reste gravée dans ma mémoire. Par-delà sa mort, Max est un mentor qui me rappelle que je peux aussi m'amuser, que mon univers ne court pas toujours forcément à la catastrophe et qu'un timoré de mon espèce ne doit pas sans cesse craindre le pire ; que ses banales imprudences ne parviendront jamais à le faire basculer dans une extrême témérité.

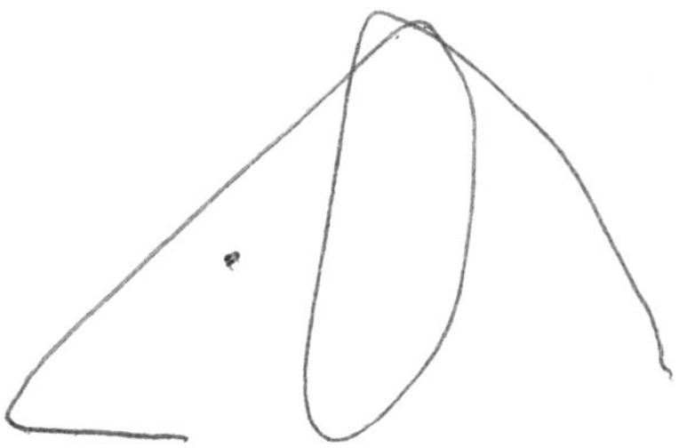

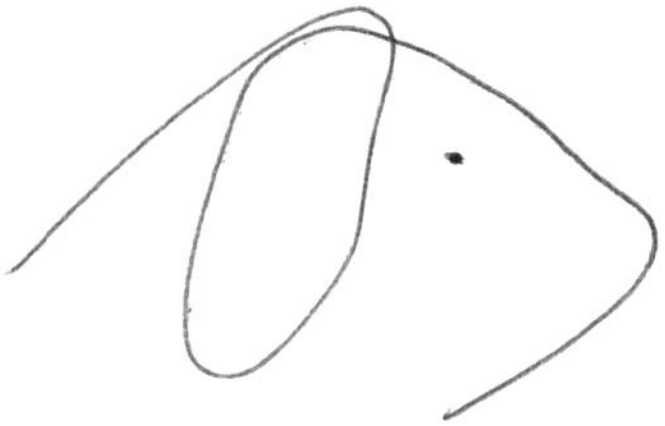

Depuis la mort de Max, il m'est arrivé de passer des journées entières à la maison. Si je sors, la plupart du temps, ce sera pour des raisons pratiques : mettre les ordures à la rue, le bac de recyclage, pelleter, me rendre au garage pour le changement des pneus de la voiture, passer à la pharmacie, reconduire ma petite-fille à l'école ou l'en ramener.

L'hiver est arrivé. Parfois, en attendant la petite, je fais les cent pas pour me réchauffer ; je remue les bras, je m'agite au coin de la rue. Il fait froid.

Si Max était encore vivant, s'il n'était pas malade, mais juste un peu vieux, aujourd'hui nous nous serions promenés au moins deux ou trois fois. J'aurais pris le grand air. Notre petit tour dans notre cage de hamster, parc Gohier et les rues avoisinantes, nous aurait fait du bien. J'aurais croisé un ami de chiens, nous aurions échangé quelques paroles, des mots de tous les jours.

Nos promenades me furent salutaires. Mes proches s'étonnaient souvent de ce que, à notre retour, j'adressasse au chien des paroles comme si je le retrouvais après une longue absence. C'est qu'en réalité, nos promenades étaient parallèles. Max était dans son monde, à côté de moi, hâtant le pas, inscrit dans sa vaste quête de mâle, flairant les pistes, recherchant des indices, des informations. Pour ma part, à l'époque où j'enseignais, je préparais mes cours ; ou encore, je réfléchissais ou plutôt rêvassais, monologuais ou dialoguais avec des absents. J'élaborais aussi des scénarios, songeais à des romans que je n'écrirais pas, observais le paysage urbain et plus haut dans le ciel les curieux dessins du hasard. Le chien et moi avions parfois fort peu d'échanges durant ces promenades. Je le laissais à ses affaires de chien et vaquais aux miennes.

Les promenades favorisaient la socialisation. Nous rencontrâmes de nouvelles personnes et de nombreux chiens. Un point de ralliement s'imposa rapidement. Soir et matin, la plupart de nos amis se retrouvaient à l'école des chiens, ainsi nommée candidement par une petite nièce, dont les parents fréquentaient également la cour de cette vieille école avec leur chienne, introduite récemment dans leur domicile, un chiot de la race du saint-bernard qui allait devenir une grande amie de Max.

À l'école des chiens, durant la première année, en janvier et février, je gelais tout rond. Mon vieux manteau ne convenait pas du tout. J'ajoutais des épaisseurs qui ne suffisaient pas à me tenir au chaud.

Max retrouvait avec plaisir ses nouveaux camarades dans la cour d'école. Certains étaient de jeunes chiens de l'année. D'autres, des aînés assagis. Un petit groupe se forma rapidement. Il lui arrivait également de croiser sa petite sœur Scarlett. Il était agréable d'assister à leur pugilat, leur complicité était drôle. Le yin et le yang, le noir et le blanc, leur emmêlement dans la neige par un beau soir d'hiver.

Lorsqu'il revoyait sa mère, il tentait toujours de l'approcher, comme pour renouer avec elle. Celle-ci ne voyait pas les choses du même œil. Ce petit mâle lui paraissait beaucoup trop excité. Le cordon ombilical était coupé et ses mamelles à sec, pas question de témoigner un brin d'affection à ce jeune énergumène. Qu'il aille son chemin ! Elle avait rempli ses fonctions et devoirs. Elle avait été sa mère, soit ; ce temps était révolu. Max avait beau tenter de lui donner de petits coups de langue sur les babines, elle ne voulait rien entendre.

Plus tard, lorsque Taqui était à nouveau en chaleur, ces deux-là donnèrent, d'un balcon à l'autre, de joyeux concerts de hurlements de loups. Elle se montrait fort réceptive lorsque le jeune mâle lui mettait sa truffe sous la queue. La maîtresse de Taqui et moi évitions alors de les mettre en contact, mais au détour d'une rue, il arrivait que des rencontres inopinées favorisent ces contacts.

Une autre chienne, toute petite, un bichon, agissait sporadiquement sur les hormones de Max. Il était hors de question que des chiens de tailles si disproportionnées puissent s'accoupler. Elle habitait à moins de cent mètres de chez nous. Le déclenchement de ses chaleurs créait toute une commotion dans notre existence. Max devenait alors littéralement fou, comme possédé, en proie à son idée fixe. La maîtresse de Micha avait la délicatesse d'éviter de passer devant chez nous. Mais sitôt que nous étions à l'extérieur, un trottoir menant à l'autre, dans l'exiguïté du quartier, immanquablement nous finissions par retrouver la trace de Micha. L'épreuve, le martyre durait de six à huit semaines. Ensuite, Max pouvait se reposer. Ses maîtres aussi.

Je dis « je », comme un seul mot sur la page, auquel le reste peut enfin se rattacher : « je », comme un être seul, à partir duquel, bien qu'ils ne vivent plus, existent les autres. Je suis la locomotive que suivent de nombreux wagons fantômes.

Tu n'as pas, cher papa, connu mon petit chien. Tu es un mort de plus et tu t'enfonces dans le temps. Si je ne te parle pas, si personne ne me parle de toi, tu es un être qui n'existe plus. Ton nom sur la pierre demeure silencieux ; dans quelques décennies, il ne renverra qu'à un être anonyme, malgré son nom, parce que ce nom se sera vidé de toute sa substance. Je suis maintenant le principe de ta résurrection. Tu reviens dans ces pages, dans ces parages que tu hantes, afin qu'aient lieu les présentations posthumes. Tu n'as jamais rencontré le Massi-Massou, le Dolce, le Bonhommie, mon bon Monsieur Monsieur. Pourtant, pendant des années, le samedi ou le dimanche, Max et moi faisions un saut jusqu'au cimetière. Ma fidélité filiale, lors de ces visites, ne m'honorait pas autant qu'on eût pu le croire. En fait, le cimetière du vieux Saint-Laurent est situé entre les campus des deux collèges de la ville. Ces campus constituaient les pôles d'attraction principaux de nos promenades. En fin de semaine, ils demeurent déserts ou à peu près. Nous nous y promenions en toute liberté. Max y rencontrait souvent ses amis de l'école des chiens. Ces lieux sont sans doute les plus pittoresques de la ville. On y retrouve une certaine nature ; les arbres y sont grands et nombreux ; la pierre confère aux vieux bâtiments académiques une certaine noblesse. La vieille église, entre les deux cégeps, avec ses pierres grises, ajoute à la pérennité des lieux. Puisque j'étais à deux pas, il était normal qu'en passant, j'arrête afin de te saluer. Je saluai aussi maman lorsqu'elle vint rejoindre le petit frère, mort depuis si longtemps, celui-là, que dans l'équation de tous mes deuils, sa mort de plus en plus ancienne ne cesse d'ajouter à son évanescente légèreté.

Nous venions vous voir. Le lot de notre famille est situé dans l'allée centrale, à l'entrée du cimetière. Notre monument est le deuxième sur la gauche. Je demandais à Max de s'asseoir. En été, il se couchait. J'avais peu de choses à vous dire. Je me contentais souvent de lire vos noms sur la pierre. D'abord celui de ton père, ensuite celui de ton petit garçon, mort avant son quinzième anniversaire de naissance. Je regardais les dates, à côté de vos noms. Grand-maman est enterrée là. Ta première épouse, ma mère, a voulu qu'on y enfouisse ses cendres. D'autres encore s'ajouteront.

Elle est bien sérieuse, la mort, elle est grave. Le poète a écrit qu'elle a des rigueurs à nulle autre pareilles. Des êtres parfois nous abandonnent en laissant dans notre cœur une rigueur comparable. On perd des amis, on perd des amours en cours de route. Ce n'est pas rien. La mort qui arrive de manière inopinée, intempestive, et qui ravit et fait ses ravages autour de nous, en nous également, la légende en fit à juste titre une Faucheuse. Mort, fauché dans la fleur de l'âge ; destin décapité, cou coupé, soleil mort, mon petit frère. Mes parents ont connu le malheur de leur fils au tombeau descendu, ce dédale où leur raison perdue enfin s'est égarée. Mon père a écrit des pages touchantes dans lesquelles il a consigné des anecdotes relatives à son petit mort, évoquant leurs habitudes, leurs jeux, leurs blagues, bref, leur complicité. Ma mère s'est effondrée. Elle a pris un livre et elle l'a lu, puis un autre et un autre encore. Elle disparaissait dans chaque livre qu'elle ouvrait. Elle a ensuite allumé une cigarette, puis encore, et encore une autre. Tour à tour, elle a lu et fumé, jusqu'à ce que ses cendres rejoignent enfin celles de son petit Coco.

Un certain consentement s'accomplit de guerre lasse, avec le temps qui passe, consentement fatigué. On ne ressuscite pas les morts. On ne peut que les raconter ; on ne peut que leur raconter en long et en large l'ennui que creuse en nous leur disparition.

Un chien n'est qu'un chien. Comprenne qui voudra. Il s'asseyait pendant que je fleurissais le monument. Au début de l'été, invariablement, toujours les mêmes fleurs, obéissant à l'injonction de ma mère : tu mettras les petites fleurs rouges, les bégonias. Elle avait raison. Grâce à l'ombre dense des grands arbres, ce sont les seules qui résistent aux chaleurs estivales, elles durent jusqu'à l'automne et l'eau de pluie leur suffit amplement. De part et d'autre du monument, je les plante dans des urnes de pierre. Elles sont fortes, bien courageuses, bien sympathiques.

Maman avait connu Max. Elle l'avait beaucoup aimé. Elle ne supportait pas qu'en parlant de lui, on dise le chien. « Le chien », c'est moins que rien. Il a un nom, il s'appelle Max. Le nom propre, à lui seul, transcendait pour elle la nullité de la chose dépréciée qu'est souvent une bête. Elle a connu Max, mais toi papa, tu ne l'as jamais vu. Je te le présente maintenant, dans l'absence élargie où tant de morts ajoutent à mon ennui. Je te le présente et te fais cette confidence : il m'arrivait parfois de vous associer, toi et ma pauvre bête. Cet amour que j'avais eu pour toi et que je ne pouvais désormais t'adresser qu'en pensée, cette pensée n'ayant alors que la consistance du vent, je pouvais maintenant le réorienter et le projeter sur Max. Je savais que tu aurais adoré ce chien. Je me fis donc un devoir de l'aimer et de le traiter comme s'il avait été ta réincarnation. Toi, papa, revenu près de moi. Devenu un chien, mon chien. Toi, papa, couché à mes pieds ! Je n'allais tout de même pas te traiter comme on traite les chiens.

Il avait une belle tête de golden. Cependant, alors que le premier venu n'y voyait que du feu, un observateur, pour peu qu'il fût attentif, comme l'exigent les jeux où l'on recherche des différences entre deux dessins quasi identiques, décelait rapidement que ce chien provenait d'un croisement ou encore, déclarait être en présence d'une race qui lui était inconnue.

Dans les premiers temps, j'examinais attentivement ce petit corps. Je découvris certains détails agaçants. Tout d'abord, je remarquai que le pelage de Max n'était pas uniforme. À la base de sa patte antérieure gauche, il portait une sorte de bottillon plus blanc que le reste. Ce genre de mitaine à patte était franchement découpé au ciseau. Par ailleurs, le museau de Max, quant à sa coloration, connaissait un défaut similaire. Quelques taches l'assombrissaient légèrement, à peine perceptibles. De sa mère, forcément plus petite que son père, lui venaient des pattes courtes, mais pas au point où l'on eût pu parler, dans son cas, d'anomalie ou de morphologie disproportionnée. Sa queue, dans les premiers mois, semblait être un pinceau, tous ses poils demeurant lissés, collés les uns aux autres. Lorsqu'il débordait de joie, la queue s'agitait à la manière d'un petit fouet.

J'espérais prochainement assister au déploiement de cette queue, qu'elle s'épanouisse et s'ouvre, qu'elle fleurisse et devienne pareille aux plumes ornant les chapeaux des nobles d'antan. Mon souhait fut exaucé dans les mois qui suivirent.

Un dernier aspect de sa physionomie me décevait plus que le reste. Max avait de petites oreilles. C'était le premier détail qui trahissait son impureté. Oreilles de sa mère. Dans un corps de golden, ces oreilles détonnaient.

Heureusement, l'esthète en moi se mit bientôt à voir les choses d'un autre œil. Fi des critères qui sévissent dans les concours de beauté. À tout prendre, s'il fallait absolument exercer un jugement, l'esthète en vint assez vite à considérer que son chien l'emportait franchement sur les autres goldens. Il avait désormais dans l'idée que c'était plutôt ces derniers qui étaient dans l'erreur, avec leurs trop longues et larges oreilles.

Aussi, il s'était laissé dire que les chiens croisés étaient moins susceptibles de développer des maladies que les chiens de race pure. Ils vivaient plus longtemps, ne souffraient pas des tares rencontrées chez les bêtes ayant fait l'objet d'un élevage intensif, quasi industriel. Bref, ce bon Max allait dépasser en longévité tous les goldens de ce monde aux trop larges et longues oreilles.

À vrai dire, la beauté de Max était unanimement reconnue. À ce chapitre, je surenchéris. Ce chien portait sur toutes choses un regard intelligent qui ajoutait à sa beauté. En se redressant, ses belles oreilles devenaient rousses, mises alors en valeur par la blondeur de sa tête. Son élégance provenait-elle de sa noblesse ou sa noblesse le rendait-elle élégant ? La question n'a en soi aucun intérêt, elle est rhétorique et ne sert qu'à souligner les qualités que je lui reconnaissais. Auxquelles, je dois ajouter la bravoure et la force, points sur lesquels je reviendrai. Max était un sportif, tout le contraire d'une pantoufle. Je ne l'ai jamais vu amorphe ou déprimé. Au contraire, il se montrait spontanément enjoué. Même une heure avant de mourir, alors qu'il était dans un état de très grande faiblesse, il accepta pour me faire plaisir de mâchouiller le bout d'un faux os, une de ses collations préférées, que j'appelais ses cigares. Il était couché à l'avant de la maison, plus ou moins immobile depuis que nous étions revenus de l'hôpital vétérinaire. J'avais pris ma décision, nous lui faisions tous nos adieux. Dans quelques minutes, nous devions nous rendre à la clinique. Je remontai dans la maison précisément pour aller chercher cette friandise, il ne l'accepta qu'en vertu de notre éternelle complicité. Ce fut sa dernière gâterie.

Puis, arriva le moment du grand départ.

Et ce fut tout.

Au retour, je découvris dans l'herbe le dernier cigare brun, à peine entamé. Je m'empressai de le jeter à la poubelle. Remonté dans la maison, j'ôtai de ma vue tout ce qui pouvait me le rappeler, tous les objets qui étaient reliés à Max, ses gamelles, sa nourriture. Je rangeai tout, je cachai tout.

Hier, en faisant le ménage, j'ai retrouvé l'enveloppe de sa dernière gâterie. Elle était au fond d'un petit bac de récupération. Je l'en ai retirée, je la conserve.

Nous sommes assis tous les deux sur le pas de la porte, en haut des marches du perron. Il est encore jeune. Nous sommes en automne ou au début du printemps. Il fait nuit. Quelque chose devant nous attire son attention. Ses petites oreilles se dressent sur sa tête et il regarde, intelligent, cette chose qui se promène à cent mètres de lui dans le parc. Il surveille attentivement un sac de plastique soufflé par le vent. Cet objet sur l'identité duquel il conjecture, avance au ras du sol, paraît menaçant, enfle et se soulève légèrement, puis retombe et s'immobilise.

Il a peur, la nuit, lorsque se dresse devant nous l'immense boîte de métal de la poste. Elle a du coffre, elle ne bouge pas. Forte, elle en impose et ne semble pas du tout intimidée par sa présence. Max s'inquiète. Je le rassure. J'insiste doucement pour qu'il me suive. Nous avançons dans la direction du monstre de métal. Au moment où nous arrivons à sa hauteur, il le flaire, l'observe de près et le contourne. Une fois qu'il est rassuré, nous poursuivons la promenade. Le lendemain, la même boîte sombre et colossale ne l'impressionne plus. Les autres boîtes que nous croisons le laissent indifférent.

Arrive la fête de l'halloween. Les décorations posent problème. Il hésite devant certaines, s'arrête et les interroge. Il hésitera pareillement, quelques semaines plus tard, lorsque d'immenses pères Noël orneront les parterres.

Un jour, alors qu'il avait à peine quatre ou cinq mois, nous allons tous deux chercher une voiture au garage. Il monte dans cette voiture pour la première fois. Elle fait beaucoup de bruit, un tremblement ininterrompu la parcourt. Max est effrayé. Il quitte la banquette arrière et se réfugie dans mes bras. Je conduis avec ce tout petit chien sur mes genoux. Nous n'avons à parcourir qu'un petit kilomètre avant d'arriver à la maison.

Son premier printemps arrive. Je rends visite à mon fils qui habite sur le Plateau, rue Rivard, au sud de Mont-Royal. Le logement est au troisième. Max m'accompagne. Il est facile pour Max de monter l'escalier. Cependant, la visite étant terminée, descendre s'avère une entreprise périlleuse. Il est craintif, refuse de s'engager à ma suite dans l'escalier. Je dois le prendre dans mes bras.

Lors des premières visites chez le vétérinaire, il est très calme. Il collabore aimablement. On le manipule, l'examine, lui administre un ou deux vaccins. Tout se passe bien. Cette docilité sera cependant de courte durée.

La scène s'est passée sous mes yeux. Devant chez nous, alors qu'il est attaché à une longue laisse fixée à un barreau de la rampe d'escalier, un accident se produit. À l'occasion de l'arrivée d'un visiteur, le chien s'énerve afin de l'accueillir. Il veut jouer. Nous sommes quelques-uns autour de lui, un chien accompagne peut-être le visiteur. Max s'agite en tous sens. Soudain, son ergot surnuméraire, enfin la griffe qu'il a en trop, griffe située plus haut sur sa patte, et dont il aurait fallu le débarrasser à la naissance, se prend dans cette laisse, une sorte de corde à linge métallique recouverte de plastique. La griffe est à moitié arrachée. Le chien saigne, mais ne semble pas réellement souffrant.

Nous nous rendons d'urgence à la clinique. Le vétérinaire l'examine et s'apprête à intervenir. Au moment où il entreprend de couper ce reste d'ongle qui pendouille, je lui fais remarquer qu'il n'a pas insensibilisé mon chien. Ne pourrait-t-il pas lui administrer quelque drogue pour lui éviter de souffrir ? Puisqu'on le demande, tout pour satisfaire le client, le médecin acquiesce ; il part et revient, seringue en main, lui injecte je ne sais trop quoi. Après coup, en y songeant, je me suis dit que l'introduction de l'aiguille avait dû être plus douloureuse que ne l'aurait été, sans anesthésiant, la manœuvre qui s'ensuivit.

Par la suite, chaque visite chez le vétérinaire sera pénible. Il entrait volontiers dans la clinique, mais sa nervosité gagnait en intensité à chaque seconde, dès que l'on s'installait dans la salle d'attente. Même la pesée s'avérait difficile. Il refusait de monter sur le plateau. Je devais le rassurer. Le personnel lui offrait des biscuits. Rien n'y faisait. L'anxiété immanquablement s'emparait de lui. Une fois parvenu dans la salle, je le soulevais et l'installais sur la table d'examen. Je devais alors le tenir fermement dans mes bras. Il se débattait, il m'escaladait, cherchant, comme par le plafond, à sortir de cette pièce au plus vite.

Des accidents plus graves auraient pu se produire. Un jour, alors qu'il est attaché devant la maison, il s'élance pour aller rejoindre, de l'autre côté de la rue, Micha et Charlie, en promenade avec leurs maîtresses. Depuis la griffe arrachée, j'ai remplacé la corde à linge par une longue laisse de tissu. À l'impact, alors que Max en s'élançant tend la laisse au maximum, elle cède d'un coup sec. Max traverse la rue en courant. Plus de peur que de mal, aucune voiture ne circulait dans la rue.

Je ne pouvais pas le mener en promenade continuellement. Comme je ne voulais pas qu'il s'ennuie, je l'attachais souvent à l'extérieur, devant la maison. Des gens passaient et le saluaient. Des enfants venaient jouer avec lui. Il lui arriva à quelques reprises de se retrouver en liberté. En entrant, l'un de nous avait laissé sortir le chien et omis de l'attacher. Le chien s'était docilement assis à son poste sur le perron, prenant appui sur la rambarde ; ce comportement habituel avait confondu le distrait. Au bout d'une heure ou deux, j'ouvrais la porte et constatais que Max n'était pas attaché. Il était cependant sur le palier, toujours appuyé contre le fer forgé, ou calmement couché de tout son long sur le pas de la porte. Il n'avait pas bougé.

Ou encore, nous l'avions correctement attaché mais, un chien venant à passer, il avait foncé dans sa direction, avec force jappements, et son corps ainsi projeté avait brisé la laisse. Puis, Max, bien que libre, était remonté à son poste d'observation.

Jamais il n'a fugué. Il demeurait dans les parages, peut-être allait-il faire un tour chez les voisins, mais il ne s'aventurait jamais loin.

Il ne s'agissait pas du tout petit Coco de mes parents, pas de la fille de Du Périer, encore moins des enfants de la Goutha orientale. Ce n'était qu'un chien, et il est mort. Voilà tout. On pourrait me reprocher d'en faire une montagne. En français de la Renaissance, une montaigne, à qui j'emprunte la formule : parce que c'était lui, parce que c'était moi.

Il n'était ni La Boétie ni Montaigne. Mais l'un pour l'autre, nous étions de loyaux compagnons. J'étais attentif à sa situation, à ses besoins. Je ne voulais pas le laisser trop longtemps seul à la maison. Sa gamelle était-elle vide ? Son eau suffisamment rafraîchie ? S'il commençait à pleuvoir, vite, il fallait le faire entrer. Ou si le froid devenait trop intense, je ne voulais pas qu'il gèle. Mais, tout cela, il le savait. Un seul jappement m'alertait, j'arrivais et lui ouvrais la porte. S'il voulait revenir à l'intérieur, sa patte en heurtant la porte de l'entrée laissait entendre un frottement de griffes. Je descendais l'escalier aussitôt, un peu mécontent tout de même de ces traces laissées sur l'aluminium, et que je regarde aujourd'hui avec tendresse. Il en va de même pour la porte qui à l'étage s'ouvre sur l'escalier. Nous avions pris l'habitude de la laisser toujours ouverte, afin que Max puisse, en été, retrouver la fraîcheur du plancher de céramique de l'entrée ; et en hiver, s'éloigner un peu de notre brouhaha afin de se reposer à l'écart. Mais, dans les derniers temps, nous gardions cette porte close. Je craignais qu'il ne tombe dans l'escalier au beau milieu de la nuit. Mais l'habitude était ancrée en lui et souvent, alors que la porte n'était pas complètement refermée, il donnait de la patte afin de l'ouvrir. Ce geste plusieurs fois répété a laissé, lui aussi, des marques dont la vue, après avoir aggravé mon chagrin dans les jours qui ont suivi son décès, me plaît aujourd'hui, si bien que ce vestige demeurera.

Si je devais sortir, il m'accompagnait. Nous allions chercher des films au club vidéo, des médicaments à la pharmacie, de l'argent à la banque. Si je conduisais un de mes enfants à l'autre bout de la ville, il montait également dans la voiture. Parvenus à destination, je garais la voiture et lui faisais découvrir un nouveau quartier.

À Pointe-Claire, dans l'ouest de l'île, une petite forêt aménagée pour la promenade faisait nos délices. Il y a quelques années, j'eus à conduire mon fils souvent dans ce secteur. Max et moi en profitions pour nous promener dans ce grand boisé au centre duquel se trouvait un pré. Si nous allions ailleurs, même manège, je garais la voiture, en faisais sortir Max et, à la faveur d'un champ, je lui permettais de se dégourdir. Un terrain de jeu, une aire d'exercice pour chiens dont je n'avais jamais soupçonné l'existence ; ce que je pouvais lui offrir, je le lui offrais.

Mes pauvres lieux communs ! Vous faites de moi un béotien. Je parle de fidélité, je parle de chagrin et de mon chien. Je profère des banalités. Que j'aille chercher des formules lumineuses chez Montaigne afin de relever mon propos ne change rien à l'affaire. Mes songeries me conduisent à des découvertes que tout un chacun a faites siennes depuis belle lurette. Par exemple, je viens de réaliser le bien-fondé du discours évangélique qui veut que là où est notre cœur, se trouve notre trésor. Or quel est aujourd'hui cet or qui scintille au fond de moi, si ce n'est cet ensemble de souvenirs que je chéris justement comme le plus précieux de mes biens ?

Parce que c'était lui, parce que c'était moi. Je lui ai donné, il m'a remis au centuple. Il est venu et j'ai vécu, autrement, beaucoup mieux. J'ai mis de longs sous-vêtements et je suis sorti dans la tempête. J'ai traversé le jardin de givre de ma fenêtre et renoué avec l'hiver. L'asthme dont je souffrais depuis de nombreuses années s'est soudainement tempéré. À force de marcher, j'ai perdu du poids et m'en suis trouvé mieux. Les inconnus dans la rue avaient désormais un visage, qui souriait en voyant cette ombre blanche toujours à mes côtés. Je les ai salués, nous avons échangé quelques paroles.

Des chiens et leurs maîtres sont devenus nos amis. Des amis de chiens, c'est un peu comme des collègues. Parfois, c'est mieux. Nos compagnons de travail n'ont pas pour fonction de nous divertir. On les associe rarement à nos plaisirs. Il en va autrement avec les amis de chiens. Curieusement, ils n'ont souvent qu'un prénom, comme leur chien. On ne sait à peu près rien d'eux. Et pourtant, on connaît parfois l'essentiel. En déambulant avec eux, la conversation peut prendre des tournants étonnants. De frivolité en frivolité, arrivent de graves questions. On évoque les soucis que créent de vieux parents malades ; on parle d'enfants qui volent de leurs propres ailes, mais qui peinent à entretenir leur propre nid. On aborde des questions personnelles. On devient intimes, mais le prénom mis à part, on ne pourrait rien dire d'objectif au sujet de l'ami ou de l'amie. On ignore son numéro de téléphone, sa date de naissance. Quant aux moins intimes, sans avertissement, ils disparaissent du jour au lendemain.

Max m'a donné un village. Outre ce village, il m'a surtout donné le présent de sa présence. On pourrait sans doute mieux dire, sans redondance, mais le fait est que je ne pourrais pas réellement comptabiliser ce que je lui dois. Ce ne sont pas des objets. Il ne m'a pas offert ma guitare Boucher. Il ne m'a jamais rien acheté. Je pourrais dire cependant qu'il a contribué à mon rachat, comme lorsqu'on parle du rachat de son âme. Avais-je une âme ? À n'en point douter, j'avais certainement une conscience morale. Mais si j'avais perdu quelque chose au fil des ans, ne serait-ce que mon enfance, je ne crois pas exagérer en disant que ce chien, en arrivant dans notre vie, m'a précisément rapporté une grande part de l'enfance que j'avais égarée çà et là en cours de route.

Il serait faux de prétendre que j'étais un homme sérieux, continuellement penché sur son métier, y remettant vingt fois et vingt fois encore son ouvrage. Jamais je n'ai perdu le goût de rigoler, de faire de sots mots d'esprit ou de me tourner les pouces. Mais pourtant, malgré les joies de la famille, les plaisirs que nous procurait l'enfance de nos propres enfants, les aléas de la vie ne pouvaient pas m'avoir épargné. J'avais commis plus que des bêtises. Mes erreurs de parcours avaient considérablement ralenti mon erre d'aller. Je m'étais souvent attardé dans des culs-de-sac. Afin de réparer ce gâchis existentiel, j'avais tenté ultimement d'accomplir mon travail au meilleur de mes moyens, mais cette excellence que je recherchais dans l'exécution de mes tâches ne parvenait pas à m'apaiser vraiment. Du reste, plus je tentais de mieux faire, plus je désespérais.

L'apparition du chiot à travers les carreaux de la fenêtre, la manifestation de sa petite présence dans notre paysage urbain, puis son arrivée chez nous eurent l'effet d'un élargissement de l'horizon. Le peu d'enfance qui me restait s'engouffra par cette ouverture.

Mon compagnon ressemblait à un feu de foyer. Lorsqu'il se couchait près de nous, la soufflerie de sa poitrine qui montait et descendait, la forme même de son corps se dessinant sur le parquet, la vie tranquille de l'animal au repos, tout en lui me transmettait ce sentiment de paix que procurent, par une belle et froide soirée d'hiver, les bûches enflammées, leur braise rougie, chaleureuse, dans le foyer de pierres. Tant de silence me ravissait. Je ne songeais pas toujours en ces termes, ne ressentais pas continûment ce sentiment. Le charme n'opérait pas en mode ininterrompu, mais il ressurgissait de proche en proche et, pas un jour ne passa sans que je fusse conscient de sa présence, de son passage parmi nous ; et sans que j'anticipasse, un peu maladivement, sa fin prochaine.

Longtemps avant que mon chien n'y fasse ses premières classes, les passants étaient témoins, matin et soir, des rencontres canines qui avaient lieu à l'école des chiens. L'école semblait abandonnée depuis plusieurs années. Sa cour servait désormais d'aire d'exercice pour les chiens. Maîtres et bêtes ne dérangeaient personne, la police fermait les yeux. Lorsque je dis « école des chiens », je parle du terrain qui avait servi autrefois de cour de récréation.

Avant Max, lorsque je passais en voiture devant cet espace vert, qui consistait en un vaste terrain de football, j'étais séduit par l'aspect des lieux. Je l'étais davantage lorsque j'apercevais la faune qui s'y amusait. J'appréciai moins, cependant, la désagréable sensation que je ressentis, un soir, alors que je me rendais à pied au club vidéo et que j'enjambai la clôture ceinturant le terrain. Au terme de mon saut, au contact du sol, mon pied s'enfonça dans une substance molle, dont je devinai aussitôt qu'elle était odoriférante et d'une fragrance qui n'avait franchement rien pour me plaire. Je me défis tant bien que mal de cette pâte puante, en frottant ma semelle dans l'herbe, puis sur le trottoir.

On accédait à la cour par trois entrées. La clôture très basse, que j'enjambais lorsque je me rendais au club vidéo, était interrompue par une ouverture de la largeur d'une porte, celle que Max et moi empruntions. Du côté opposé, l'entrée dans la cour servait aux engins mobiles, destinés à l'entretien de la pelouse : tondeuses, déneigeuses, camions et voitures. Cette entrée était large, ouverte à tous vents. Elle risquait de faire problème : nos bêtes, les jeunes surtout, indisciplinées, pouvaient à l'occasion tenter de s'échapper par cette voie. Le troisième accès à la cour consistait en une autre entrée sans porte. Quelques marches en ciment menaient de cette porte à la rue. Il arriva que nos chiens l'empruntent, au sommet de l'excitation, pour aller rejoindre un chien inconnu ou chasser un chat qui s'aventurait dans les parages.

Cette école des chiens fut pour Max et moi, ainsi que le reste de notre petite société, un havre. Durant son premier hiver et à l'époque du premier printemps de Max, la cour nous offrit de véritables récréations, mais également des apprentissages. Comme l'espace n'était pas totalement fermé, les maîtres et maîtresses devaient contrôler leur chien. Je n'ai jamais rappelé Max à l'ordre de façon trop sévère, sauf lorsqu'il mettait sa vie en danger. En sortant de la cour, il déclenchait mes réprimandes. Je lui montrais qu'il avait outrepassé les limites en imprimant tout son corps dans le sol, avec force reproches. Habituellement, le biscuit permettait que des scènes du genre ne se produisent trop fréquemment. Nous en avions toujours en réserve dans nos poches. Les chiens le savaient. Nous les appelions, les faisions asseoir, ils se calmaient.

À la fin du deuxième printemps, de lourdes machines envahirent notre cour d'école. Cet équipement stationné derrière l'école nous laissa perplexes. Nous apprîmes au bout de quelque temps que le bâtiment allait revivre, qu'il allait retrouver sa première vocation. La machinerie allait servir à recouvrir de béton la moitié du terrain. Dès l'ouverture du chantier, l'accès au site devint problématique. Nous eûmes à nous mettre en quête d'un nouvel espace. Je menai mon chien dans des aires d'exercices pour chiens. Il fraya avec de nouveaux compagnons. Nous perdions de vue les anciens. Nos rencontres se faisaient maintenant au gré du hasard. L'exploration du territoire nous permit de découvrir le campus du cégep Saint-Laurent, son vaste terrain de foot, ainsi que, au-delà des bâtiments, le pré jouxtant les jardins communautaires de la ville. De grands peupliers centenaires y bordent une allée parallèle à la voie ferrée. Une vieille clôture rouillée en interdit l'accès. Plus loin, cependant, des passants, collégiens pour la plupart, entretiennent et maintiennent depuis des décennies une ouverture dans la grille, que les autorités referment périodiquement. Les tenailles des passants s'empressent aussitôt de faire fi de ces travaux de réfection. La béance, une fois franchie, rend possible à nouveau de longues promenades. Hiver comme été, Max et moi avons arpenté dans la plus parfaite illégalité cette enclave de nature. Un petit boisé offrait des sentiers, entretenus Dieu sait par qui. Les traces qu'y laissait la petite faune du bois, lapins ou lièvres, mouffettes, mulots, écureuils, ratons laveurs, mettaient nos chiens aux aguets. Ils flairaient une piste et s'empressaient de la suivre. Ce bois fut rasé au bout de quelques années, nous privant de son charme en hiver, de ses ombrages en été. On racontait que des itinérants y séjournaient et que la Ville avait décidé de les chasser. J'avais, en effet, vu leurs traces, dont un abri fait de planches mal ajustées.

La bande de terrain tout au long de la voie ferrée était plutôt large. Nous avions peu à craindre des trains, à condition de vraiment maîtriser nos chiens. Il suffisait de se tenir à l'écart, de les rappeler dès que nous entendions le bruit des engins. Ces derniers roulaient lentement, nous avions le temps de réagir. Afin de m'assurer que mon chien comprenne le danger que représentaient les rails, je profitai, par un soir d'été, d'une conjoncture assez théâtrale.

Le vent tout autour de nous se levait avec force, le ciel s'assombrissait avec l'arrivée de lourds nuages, dont les ombres précipitaient la tombée de la nuit. La scène en soi paraissait dramatique. L'arrivée inopinée d'un long convoi, qui bientôt ferait trembler le sol sous nos pieds, m'inspira une technique propre à donner une bonne leçon à mon chien. Je lui mis la laisse au cou dès que j'entendis le train. Nous nous approchâmes de la vieille clôture rouillée. Les branches des grands peupliers au-dessus de nos têtes s'agitaient frénétiquement, faisant entendre le froissement intense de leur feuillage. Le train arriva enfin, immense bête furieuse, grondant, striant la fin du jour, des éclairs métalliques se réfléchissant sur la carcasse de ses wagons. Le tonnerre se faisait maintenant entendre au milieu du tumulte. En criant très fort, des non, non, non ; en imprimant des mouvements saccadés à la laisse, pour retenir le chien, comme s'il avait manifesté le désir d'avancer en direction du convoi, tirant et tirant sur la laisse, vociférant mes non, non, non, je suggérais à Max toute la frayeur que devaient lui inspirer dorénavant la voie ferrée et ses monstres de métal.

Les travaux de réfection de la cour durèrent tout l'été. Dès septembre, l'école, qui pour sa part avait également reçu une cure de rajeunissement, ouvrit ses portes à de jeunes élèves du niveau primaire. La cour était maintenant divisée en deux sections, séparées par une clôture. De part et d'autre de cette clôture, se trouvaient une section gazonnée et une section asphaltée. Le pré de la première fut mis à rude épreuve par les petits pieds des enfants. Il devint chauve par endroits. Le soir, nous y revenions. Les fins de semaine, quand le temps était maussade, nous nous y donnions implicitement rendez-vous, mais notre préférence allait désormais au campus du cégep Saint-Laurent.

Notre présence dans la cour de récréation fut assez rapidement contestée par les parents et l'administration. Des traces d'urine sur un bonhomme de neige étaient de nature à les mécontenter. Nous avions beau camoufler les forfaits de nos bêtes, les couches de neige plaquées sur leurs dégâts parvenaient mal à les dissimuler, tôt ou tard révélés par une pluie soudaine ou la fonte des neiges. Un cadenas, un jour, fut posé sur la porte du pré. Certains continuèrent à fréquenter l'autre section de la cour. En conséquence de quoi, d'autres cadenas furent installés aux extrémités de la cour. Il nous fallut finalement renoncer tout à fait à notre école des chiens.

Il n'était pas question de prendre la voiture, soir et matin, afin de nous rendre dans un secteur éloigné de notre quartier. Il n'y avait que deux parcs qui offraient des aires d'exercice. Aucun n'était situé à proximité. Mais vers la fin de l'automne, les employés de la ville installaient les bandes de la patinoire dans le parc. L'endroit était idéal. Nous pouvions le maintenir fermé, grâce à sa petite porte surélevée. Tant et aussi longtemps que la glace n'était pas formée, nous pouvions nous y rendre sans déranger quiconque.

Un chien de taille moyenne sautait sans arrêt par-dessus la bande. Il le faisait sans difficulté aucune. Dans sa trajectoire, plus lente lorsqu'il parvenait au sommet de sa courbe, durant un court moment, il semblait s'immobiliser ; on eût dit que le chien planait. En mon for intérieur, je déplorais que Max n'accomplisse pas un tel tour d'adresse. Je le savais sportif, pourtant la chose ne semblait guère l'intéresser. Un jour, où un jeune chien l'avait pris un peu trop en affection, il décida de se débarrasser de cet importun en sautant par-dessus la bande. Son vol, quoique moins aérien que celui du chien de cirque, n'était pas sans élégance.

Je tentais de varier nos plaisirs. Je me rendais fréquemment dans les deux aires d'exercices de la ville. Celui du parc Marcel-Laurin était petit. Nous avons frayé là avec une faune composite : chiens petits, moyens, grands, chiens gentils, chiens méchants.

Les chiens se montent. On dit que c'est là affaire de domination. Si le chien monté se soumet, le chien montant se lassera, se glorifiera de son titre de dominant et l'affaire sera close. Si le chien monté se démonte et sort de ses gonds, on assiste à un combat souvent bref, et dont les bêtes sortent la plupart du temps indemnes.

Au parc Marcel-Laurin, il y avait un mélange de pit-bull et de labrador dont la tête ne nous revenait pas. Dès que Max arrivait, ce chien le collait, le suivait de près, par provocation. Le manège se répétait souvent. Max était un brave chien, il ne cherchait pas la confrontation. Il ignorait l'intimidateur. Les choses ne s'envenimaient pas, le loubard finissait par lui ficher la paix. Un jour où je jugeai cependant que les choses risquaient de mal tourner, je résolus de quitter les lieux. J'eus la mauvaise idée de fixer sa laisse au collier de Max. Ce fut le signal ; dès que nous eûmes le dos tourné, l'autre chien attaqua. Son maître, un homme plutôt âgé, intervint au même moment que moi. Pour séparer nos bêtes, je tirai Max par la queue afin de l'éloigner de son adversaire, que son maître parvenait au même moment à maîtriser. J'appris ce jour-là qu'on ne doit pas attacher son chien dans de telles situations, il devient vulnérable. Mais sans doute, le dos tourné a-t-il ici plus d'importance, en ce que dans cette position le chien semble battre en retraite.

Un boisé situé derrière la polyvalente fait partie du parc, un des plus grands espaces verts de la ville. Des sentiers sont aménagés dans ce boisé. Souvent,

Max et moi les empruntions. La promenade y était agréable. Max était tout jeune, lorsqu'un jour une immense bête, en liberté tout comme Max, se présenta devant nous. Je ressentis une certaine frayeur en l'apercevant. Allait-elle avaler mon chien tout rond ? La maîtresse arriva sur les entrefaites. Mais son chien demeurait à bonne distance de nous. Il s'agissait d'un gros boxer. Je n'en avais jamais vu de si gros. Comme Max était assez jeune, il ne devait sans doute pas représenter de menace pour le chien adulte. Je me promenai avec la petite dame, une Russe, et son chien. Dans les mois qui suivirent, nous les rencontrâmes assez souvent lors de nos promenades. Son chien s'amusait avec Max, qui ne trouvait peut-être pas la chose très drôle. Le boxer donnait à voir le pourquoi de son nom, enfin son à-propos. En effet, debout sur ses pattes arrières, la bête donnait avec ses pattes avant des coups similaires à ceux que donnent les boxeurs avec leurs poings.

Le boisé et l'aire d'exercice m'attiraient au parc Marcel-Laurin, mais il y avait plus. Le parc, sans compter le boisé, était très vaste. À certains moments de l'année, il était désert – en novembre et décembre, durant les mois de l'hiver, le matin, entre 10 h et 11 h, l'après-midi, vers 14 h. Nous pouvions marcher en toute liberté sans rencontrer âme qui vive.

Un soir d'hiver, je me rendis avec Max derrière la polyvalente. En bordure du boisé, devant nous s'étalait le parc, immense. Immense et à perte de vue parce que nous ne pouvions rien voir à dix pas devant nous. C'est qu'une tempête se levait. Il s'était mis à neiger fortement, la poudrerie soufflait dans notre direction. J'avançais péniblement dans le vent. Max était tout à sa joie. C'était encore un jeune chien, il devait avoir un peu plus d'un an. La neige m'aveuglait et mes pieds s'enfonçaient dans son accumulation. Max s'éloignait de plus en plus. Il finit par disparaître à la lisière du boisé. Pendant un moment qui me parut fort long, une pensée me vint à l'esprit. J'eus peur que Max s'évanouisse tout à fait dans la nuit, qu'il se perde dans la neige. Je retirai le gant de ma main droite et, portant mes doigts à la bouche, je sifflai fortement. Une seconde passa, puis une autre. Le temps sembla s'immobiliser et se refermer sur la disparition de mon chien. Finalement, quelques instants plus tard, à travers le mur épais de la neige, parmi tous les grains qui floconnaient, se dessina, d'abord confusément, puis avec une précision de plus en plus nette, une forme, sortie du néant, sortie de l'absence, celle d'un chien blanc dans la neige blanche, qui, tout petit point d'abord, de proche en proche se mit ensuite à croître. Mon chien se rapprocha, et je pus tenir enfin sa tête enneigée entre mes mains. Mon chien m'était revenu. Je l'avais rappelé. Il était revenu.

Il y a deux mois de cela, il s'enfonça pour toujours dans sa disparition. Ce soir, il neige, d'une neige toute pareille à celle qui me l'avait ravi à l'orée du boisé. Si je siffle très fort, ce soir, Max ne traversera pas les flocons qui s'abattent maintenant sur la ville.

Le bambin avait dit nuage blanc ; je disais ombre blanche. Max n'était cependant pas tout à fait blanc. En tout cas, pas aussi blanc que cette immense bête, un berger des Pyrénées : un Bel, comme dans *Belle et Sébastien*. Auprès de ce chien magnifique, Max était un corniaud, un roturier de basse extraction. Je ne l'en aimais pas moins.

Le berger majestueux marchait toujours lentement, tenu en laisse par sa maîtresse qui en prenait le plus grand soin. Elle le brossait au quotidien et peut-être deux fois par jour. Son pelage était d'une remarquable propreté. Du reste, elle devait lui donner plus que les quatre bains annuels réglementaires. Le géant était doux comme les agneaux dont prenaient soin naguère ses courageux ancêtres. Placide en tout temps, il se laissait admirer par les passants, qui formaient des attroupements autour de lui, pour le plus grand plaisir de sa maîtresse.

Lui seul méritait la métaphore du nuage blanc. Le blanc caramel de Max mis à part, on aurait cru cependant avoir affaire à deux chiens de même race, mais dont l'un aurait été frappé d'une sorte de nanisme. Max ressemblait beaucoup à ce berger, mais dans le format miniature. À cette époque, Max allait toujours librement à mes côtés. Il ne semblait pas impressionné par le géant. La massive tranquillité du berger laissait peut-être immédiatement entendre aux autres chiens qu'il ne cherchait noise à personne.

Une autre bête immense partageait notre territoire. Il s'agissait d'un mâtin de Naples. Personne, selon moi, ne songerait à nommer Bel ou Belle les chiens de cette race. Ma préférence va aux chiens à poils longs, dont les oreilles sont tombantes. Quant à ce qui est monstre à babines multiples, monstre bavant sans arrêt, à nez écrasé, dont le poil est ras, dont la morphologie est massive et trapue, qui est force brute mise au service de la brutale faiblesse des hommes, chiens d'attaque, dont les mâchoires ne se desserrent jamais une fois saisie la proie : très peu pour moi. Bref, ce gros chien noir, ce molosse, venait parfois faire son tour dans notre quartier. Mon chien et ce monstre se sont toujours cordialement détestés. La clôture du terrain de pétanque où l'on conduisait parfois nos chiens les tenait séparés. Leurs intenses grognements et manifestations de colère de part et d'autre de cette clôture nous incitaient à éviter toute forme de contact entre eux.

Certains chiens ne manifestent jamais d'agressivité à l'endroit de leurs congénères, semblent indifférents ou presque aux autres bêtes et les laissent pareillement indifférentes. Les chiens castrés en bas âge sont habituellement tolérants à l'endroit des eunuques de leur acabit. Des spécialistes confirmeront, infirmeront ou nuanceront mes propos, mais je prétends que la castration ralentit la maturation du chien, qui s'attarde alors plus longuement dans l'enfance.

Lorsque Max se présenta pour la première fois à la clinique, vers l'âge de six ou sept mois, le vétérinaire me recommanda, si je souhaitais qu'il fût castré, de ne pas le faire opérer avant qu'il n'ait atteint sa taille adulte. Si je souhaitais ! Le doute était semé dans mon esprit. La chose n'allait donc pas de soi.

Je me documentai, je sondai autour de moi les maîtres des chiens mâles. J'ignorais que la question était plus ou moins minée. Certains répondaient à mon enquête de manière tout à fait péremptoire. Ils étaient catégoriques, dans un clan comme dans l'autre. Bien entendu, il n'y avait pas d'entre-deux. Pas question, par exemple, d'extraire une seule couille, de faire en sorte que le chien soit castré à moitié. Ou de lui administrer une sorte de drogue qui le rendrait stérile, ou que les femelles avalent des pilules anticonceptionnelles. Du reste, si de telles solutions existaient, je parle bien entendu de celles qui ne sont pas farfelues, elles n'auraient aucune conséquence sur les autres problèmes que rencontrent les propriétaires de chiens et de chiennes fertiles. Lorsqu'une femelle est en chaleur, l'univers tout entier en est informé. Tous les chiens sur l'île de Montréal sont aux abois. Même la pollution ne parvient pas à masquer les effluves qui envahissent la cité. L'âme du vieux mâle se réveille au milieu de la nuit, saute par la fenêtre et disparaît dans la nature.

Parmi ceux que j'ai interrogés, plusieurs étaient les maîtres de chiens qui n'avaient pas été opérés.

Shadow, le père de Max, était un bon chien. Bentley, un autre golden non castré, s'entendait très bien avec le père de Max. Ces chiens ne s'entretuaient pas. Ils n'étaient pas agressifs avec les humains.

Mes lectures me donnèrent accès à des positions nettement opposées. Les arguments des deux camps paraissaient pertinents. Je penchais cependant en faveur de la vision européenne. La castration est entreprise de manière systématique en Amérique, les Européens ne la préconisent que dans les cas suivants : lorsque le chien est agressif, est masturbateur ou a tendance à fuguer.

Mon chien n'était pas violent, il ne représentait une menace pour personne, surtout pas pour les enfants. Il avait tendance à monter les autres chiens, mais il ne se masturbait pas sur le bras des fauteuils ou la jambe de ceux qui y prenaient place. Un jour où j'étais assis sur le bord de mon lit afin d'enfiler mes chaussettes, Max, alors tout jeune, sauta derrière moi et, tout excité, tenta de me monter. Je me retournai avec célérité et l'empoignai. Je le couchai et le maintint fermement dans cette position. Je joignis les mots au geste, mais sans m'énerver, il n'avait pas mis sa vie en danger. Jamais il ne recommença. Quant aux fugues, il n'y en avait pas, Max recherchait toujours notre compagnie.

Je n'allais donc pas le faire castrer, ayant fait miens les arguments européens. Et si l'occasion venait éventuellement à se présenter, je ne m'opposerais pas à ce que Max ajoutât à la beauté du monde par une éventuelle portée de petits Max.

Un homme m'avait dit, en examinant les larges pattes du chiot, qu'il deviendrait plutôt grand. Il avait eu tort. Max a cessé de grandir vers l'âge de huit mois. Il n'a poussé la taille que de très peu au-dessus de celle de sa mère. L'homme, je crois que c'était le même, avait ajouté que mon jeune chien était un dominant. Il avait eu raison.

Dominant, cela n'augurait rien de bon. Mon chien allait embêter les autres chiens, les attaquer, les mordre. Il serait désobéissant, n'en ferait qu'à sa tête, m'intimiderait, grognerait en présence des enfants, aboierait méchamment dès qu'un piéton se risquerait à passer devant notre domicile ou, pire, n'en ferait qu'une bouchée, si lors de la promenade, par malheur, sa laisse distendue lui permettait de l'atteindre au mollet.

C'était mal connaître les chiens, c'était mal connaître le mien. Certes, il était dominant. Mais, à ce chapitre, le dominant, souvent, se contente de peu. Il apparaît au milieu de la mêlée et les autres chiens perçoivent sur-le-champ qu'il est de la trempe des chefs. Les chefs ne sont pas tous des tortionnaires. Leur charisme suffit. On leur cède spontanément le haut du pavé. Max tolérait que d'autres mâles soient tout aussi dominants que lui ou davantage encore. Toutefois, ceux qui cherchaient à se mesurer à lui apprenaient à leurs dépens qu'il ne reculait devant le combat ni ne se soumettait.

Il n'avait que huit ou neuf mois. C'était à l'école des chiens. Parmi les réguliers, il y avait un jeune homme sympathique qui possédait un molosse du type rottweiler. Son chien était adulte. Max le connaissait pourtant.

Il faisait chaud, nous étions au début des beaux jours du printemps. Une jeune femme avait apporté de l'eau pour sa chienne. Elle en offrit à Max. Il se mit à boire. Le gros chien noir, à moins d'un mètre de lui, attendait son tour ou observait tout simplement la scène. Sans prévenir, Max l'assaillit. Une bref combat s'engagea. Le jeune homme parvint à maîtriser son chien. J'immobilisai enfin le mien. Quelle mouche avait bien pu piquer Max ? Le type déclara que mon chien était fou. Il était en colère. Le cœur me débattait dans la poitrine. La scène avait été d'autant plus violente que rien en apparence ne l'avait annoncée.

Un an plus tard, une scène identique se produisit dans une aire d'exercice. Un jeune mâle buvait dans sa gamelle. Ce chien n'avait que huit mois, comme Max dans la scène précédente. Il s'agissait d'un boxer. Il buvait tranquillement lorsque, sans prévenir, il saute sur Max et l'attaque. Rien n'est plus impressionnant que ces combats. Ils semblent durer trois ou quatre minutes, alors qu'ils prennent souvent fin au bout d'une dizaine de secondes. Les bêtes furent séparées rapidement. J'utilisai la technique de la queue tirée.

Plus ou moins recommandable. Une variante est de loin préférable. On saisit les pattes arrière de son chien et on le retire en décrivant un demi-cercle, de manière à ce que le rival sorte de son champ de vision. Enfin, je n'ai connu l'alternative que tardivement et, lorsque je l'ai apprise, Max ne se battait plus. Il était devenu vieux et j'avais, de toute manière, résolu de lui rendre la vie plus facile : craignant sa défaite et des blessures de part et d'autre, je lui évitais systématiquement tout contact avec des chiens dont je redoutais qu'ils puissent constituer pour lui de potentiels rivaux.

Mes précautions ne me permirent cependant pas d'éviter de nouveaux ennuis. Mon instinct me trompa à quelques reprises. Voyant un petit chien que je jugeais inoffensif, je m'aventurais avec insouciance dans l'aire d'exercice. Le petit chien venait vers Max, un air de conquérant dans le regard, un je ne sais quoi de hautain et de provocateur dans l'attitude. Les oreilles de Max se tendaient vers l'arrière, s'aplatissaient le long de sa tête. Je savais lire la suite des événements. Pour éviter qu'ils ne devinssent fâcheux, j'appelais Max, qui obtempérait parfois à la faveur d'une distraction de l'autre chien. Il ne m'obéissait pas toujours, il obéissait plutôt à la situation, puisque tourner le dos, c'était prêter le flanc à une attaque.

Mes souvenirs vont et viennent dans toutes les directions ; des vents contraires les promènent çà et là, sans que je sache toujours précisément à quel moment de la vie de Max ils se rattachent. Ce sont des cerfs-volants bariolés, qui surgissent à l'improviste dans le brouillard qui s'est installé en moi depuis son départ. Ils jettent l'éclair de la vie, là où il n'y a plus de vie. Le soleil des joies qui s'est couché dans la mort réapparaît et scintille à nouveau de tous ses feux. Mais ce sont des feux illusoires.

Le chien était jeune, le pré était vert, il faisait bon s'y promener. Nos chiens s'amusaient. Ils étaient presque tous jeunes, en tout cas enjoués. Ils couraient beaucoup. Parfois, ils nous renversaient par terre. Si nous tournions dos à la bête qui nous fonçait dessus, en une fraction de seconde, nous étions sur le sol.

Un jour, Max s'empara du parapluie que tenait, pointe au sol, une de mes amies. Il décrivit des cercles autour de nous. La femme courait après Max qui prenait plaisir à la déjouer. Ce petit larcin visiblement l'amusait.

Ce parapluie volé témoigne du sens de l'humour de Max. Tout comme la scène suivante. Après des mois de travail, durant lesquels j'avais tenté d'inculquer à ce drôle de chien les habitudes civilisées de la rectitude canine en matière de marche au pied, il me fit savoir qu'il était maintenant temps de rigoler. J'avais réussi à l'empêcher de s'attaquer à la laisse, que les chiots, en effet, prennent plaisir à mâchouiller. Preuve de l'intelligence de Max et de sa docilité, une seule leçon avait suffi. À sa première et unique tentative, j'avais sèchement fait connaître mon mécontentement; il m'avait compris et n'avait jamais plus, du moins pendant de très longs mois, cherché à s'amuser avec la laisse. Bref, il était dressé, respectueux de la consigne. Il marchait presque au pas et se montrait plutôt discipliné.

Or je fis bientôt l'acquisition d'une longue laisse rétractable, qui se déroulait si le chien tentait de s'éloigner, pour se rembobiner automatiquement lorsqu'il revenait sur ses pas. Soudain, après quelques jours de pluie, sans prévenir, un peu pour me taquiner, comme en me traitant de *straight*, de maître ennuyeux, et cherchant enfin à me dérider, il tourna la tête et happa cette laisse, s'éloigna, revint sur ses pas, secouant énergiquement la tête. J'éclatai de rire.

Oui, une fois suffisait. Je ne voulais pas qu'il boive dans la cuvette. Habitude prise lors de son séjour chez son père. Dès son arrivée chez nous, il se présenta dans la salle de bain pour étancher sa soif. J'intervins. Je le conduisis à sa gamelle. Il comprit.

Au tout début, lorsque je me levais vers cinq heures pour aller travailler, Max se levait en même temps que moi. Le premier matin, il tenta de saisir de la nourriture sur la table. Je le corrigeai doucement. Jamais plus il ne tenta de s'emparer de quoi que ce soit. Il n'aurait pas enfreint la règle, même pour une pièce de viande ragoûtante sur le bord de la table. Le matin, il était bien sage au moment où je prenais mon petit-déjeuner. Il se couchait dans le hall et attendait patiemment. Lors des autres repas, il restait dans son coin et ne nous ennuyait pas.

Ma fille, alors que j'étais au travail, prit plaisir à le gâter alors qu'elle cassait la croûte à la maison. Elle lui offrit même de la crème glacée. Le mal était fait lorsque je pris connaissance de la chose. Il fallut, à partir de cette époque, se montrer plus ferme.

Lorsque nous désirions manger en paix, je lui donnais l'ordre de sortir de la pièce. Si nous mangions devant la télévision, alors que je lui avais ordonné de se coucher dans le corridor, il se rapprochait en douce, progressivement, et finissait par obtenir presque toujours gain de cause. Afin de l'éloigner, l'un de nous lançait en dehors du salon une croûte de pain ou de pizza. Une fois qu'il était sorti de la pièce, le manège recommençait.

Je me répète sans doute. C'est que je ne me lasse pas de redécouvrir ces moments que j'avais un peu oubliés. Non, pas oubliés vraiment. Mais nul besoin de se rappeler ce qui est, lorsque cela est et se vit au quotidien. Puisque je les avais vécus, puisque je les vivais tous les jours, je n'éprouvais pas le besoin de revenir dans le temps afin de recueillir ces moments, afin de me recueillir en évoquant tout cela qui maintenant forme la substance de mes souvenirs.

Toute cette partition que je recompose s'était improvisée avec le temps. Au fur et à mesure, il y avait une sorte de valse qui nous entraînait au fil des jours. J'imagine à nouveau cette partition, cette chorégraphie, je les reforme, découvre dans la suite des saisons une ligne mélodique, et tout autour, en fais ressortir l'harmonie, qui de concert s'était établie entre nous.

Ce récit, finalement, auquel je ne souhaite nullement donner fin, je l'élabore de manière à maintenir un point d'orgue, un point d'orgue majeur, que je place au-dessus du dernier soupir de Max. Soupir dans le silence, à peine audible, en réponse à mes dernières paroles, dernier accompagnement de sa mise à mort. Tant que dure ce point d'orgue, tant que cette note silencieuse se fait entendre au creux de mon oreille, comme une sorte de *la* éteint, tant que cela dure, quelque chose en moi, de lui, se perpétue. J'accorde mon instrument à ce *la*, qui me dit d'un même souffle que Max est encore là et que Max n'est plus là. J'entends le son feutré sortant de l'instrument de son corps qui rend l'âme, dernier souffle que je recueille, afin de le prolonger en moi.

À la faveur de la nuit, j'entrais parfois avec Max dans l'espace réservé aux joueurs de pétanque. L'endroit n'avait rien de spacieux, mais il contenait des bancs ; je m'y installais et regardais tranquillement le clair de lune, tandis que Max inspectait les environs. Les joueurs de pétanque ignoraient qu'ils partageaient leur terrain de jeu avec nous. Dès la fin de l'été, ils désertèrent les lieux. J'invitai mes amis à nous y rejoindre.

La ville allait sous peu moderniser le parc ; on consultait les citadins à cet effet. Deux amies de notre groupe assistèrent à une assemblée municipale. Elles firent pression pour qu'une aire d'exercice soit incluse dans les plans de réaménagement du parc. Des gardiens du parc appuyèrent leur démarche. Après une longue année de travaux, le parc accueillit à nouveau le public. L'espace avait été réorganisé. Le terrain de pétanque était maintenant situé à l'autre bout du parc. À sa place, une aire dédiée aux chiens avait vu le jour. Mais ce n'était pas tout.

Des jets d'eau attiraient maintenant des familles entières. Elles arrivaient un peu avant midi pour ne repartir souvent qu'en fin de soirée. De nouveaux modules de jeu étaient également populaires. Ces nouveautés attirèrent dans le parc une foule nombreuse. Cette affluence, plus sensible en été, modifia sensiblement nos habitudes. Alors que Max, depuis toujours, circulait dans les allées du parc en toute liberté, je jugeai que nous devions désormais tenir compte de la croissance démographique qu'avaient provoquée les nouvelles installations. Les chiens font souvent peur aux enfants. Certains adultes les redoutent. Je décidai de réutiliser la laisse, surtout lorsqu'on pouvait compter de deux à trois cents personnes dans notre petit parc.

À la fin du mois d'août de l'année 2009, ma mère fut admise à l'hôpital du Sacré-Cœur. Elle souffrait depuis longtemps d'une maladie pulmonaire. Après environ un mois dans cet établissement, elle fut transférée dans un centre hospitalier de soins de longue durée. Un CHSLD.

Il serait très humain de consacrer 300 pages à une vie humaine. Très humain d'évoquer les conditions de vie misérable que connaissent les aînés, lorsque la maladie ou la vieillesse les contraignent à l'espèce d'effacement, de disparition qu'impose leur invalidité. Rien n'y fera. Si luxueux que soit le centre, et dévoué son personnel, les vieux seront toujours malheureux, cloués dans un lit ou rivés à leur fauteuil, le regard perdu, seuls, souvent sourds, tous plus incontinents les uns que les autres.

Je n'ai pas attendu que ma mère soit morte pour lui rendre hommage. Mais l'hommage que je lui rendis ne prit jamais forme de langage, ne s'inscrivit jamais sur une page. Il se vécut au jour le jour, lors des visites que je lui rendais. Je n'avais rien d'un saint, rien non plus d'un ingrat. Je considérai, une fois qu'elle avait quitté son domicile pour aller finir ses jours dans un mouroir, que les conditions qui étaient maintenant les siennes devaient connaître un certain adoucissement. Je pouvais atténuer ses souffrances.

Il m'arrive de me souvenir des heures que je passai avec elle dans sa petite chambre. Je regrette de ne pas avoir tenu de journal à cette époque. J'y aurais retranscrit nos conversations, relaté les drôleries, déploré chez une dame, qui avait toujours su se tenir, les dérives de la fin et les mots déplacés qui autrefois n'auraient jamais été prononcés. Devenu sénile, moi aussi je traiterai peut-être de négresse l'infirmière qui me soignera un jour sur mon lit de mort.

À Pierrefonds, le CHSLD est situé sur un site enchanteur. De sa chambre, ma mère aurait pu voir, si elle avait consenti à y jeter un coup d'œil, une vieille maison de campagne entourée d'arbres. Le paysage était champêtre. Nous étions en octobre. Lorsque le temps s'y prêtait, j'installais ma mère dans un fauteuil roulant et nous sortions à l'extérieur. Comme ma mère devait être oxygénée en permanence, il fallait s'équiper d'une bonbonne avant de quitter sa chambre.

J'aurais cru en la sortant de la chambre exiguë où elle était pratiquement confinée, que ma mère s'émerveillerait du chant des oiseaux, mais elle était presque sourde. J'aurais souhaité que la vue des grands arbres l'enchanterait, que le grand air la ragaillardirait. Il n'en était rien. Elle fulminait contre l'interdiction qui lui était faite de fumer.

Dans le stationnement, nous vîmes un visiteur en train de s'allumer une cigarette. Elle me donna l'ordre d'aller à sa rencontre. Elle voulait lui en quêter une. Sans cesse, elle me répétait qu'elle n'était pas malade, qu'elle n'avait pas besoin de sa bonbonne, que cette histoire de MPOC était une lubie des médecins.

Je la conduisis derrière le centre. Il y avait là un vaste terrain rempli d'arbres centenaires. Le bâtiment avait été autrefois une espèce d'hôtel de luxe. L'arrière était aménagé de telle sorte qu'on pouvait à partir de petits sentiers accéder au bord de la rivière, assez large en cet endroit. Sur l'autre rive, s'étendait l'île Bizard. Une demeure luxueuse attirait mon regard. J'appris ensuite qu'il s'agissait du château de Moulinsart appartenant à la famille de la femme qui allait, quelques années plus tard, devenir la première femme à occuper le poste de première ministre du Québec.

Durant les cinq ou six mois que maman passa à Pierrefonds, il m'arriva souvent d'y amener Max. Il n'entrait pas dans la maison de santé, mais à l'arrivée comme au départ, je lui faisais faire le tour de la place. Nous pouvions marcher sur la route très longtemps sans croiser de voitures. De petites collines parallèles à la route nous attiraient. Nous les arpentions. On voyait des oies sauvages. Plus loin, une pointe s'avançait dans la rivière. Cet espace accueillait des campeurs en été ou, peut-être, s'agissait-il d'un site réservé à des pêcheurs. Quoi qu'il en soit, nous nous y promenions après avoir franchi une clôture. De toute évidence, le terrain était privé, mais comme il était désert, je m'y aventurais avec Max afin de profiter de la poésie des lieux.

Derrière le centre, je jouais à cache-cache avec Max. Surtout, nous descendions sur le rivage et nous le longions sur une assez longue distance.

Lorsque janvier glaça la surface des eaux, ayant vu et entendu des motoneiges au beau milieu de ce presque lac, ce qui confirmait que la glace était réellement prise, j'autorisai Max à explorer le vaste espace qui s'offrait maintenant à nous. Le vent était glacial, il me frappait au visage. J'aimais sa violence. Ce vaste espace, tout de même, contrastait avec notre ancienne école des chiens et les petits enclos qui lui avaient succédé.

Ce temps maintenant est passé. Moins de vingt lignes suffisent à l'évoquer. Ma mémoire s'effiloche. Il en reste quelques fils ténus et je m'y accroche.

Au matin du dernier jour de Max, je montai avec lui dans la voiture. Nous avions rendez-vous à la clinique à dix heures. Une fois sur place, l'attente fut brève. Ce n'était pas un examen de routine, je n'étais pas inquiet outre mesure, mes appréhensions étaient somme toute limitées. Je prévoyais un mal plutôt facile à combattre. Après un examen sommaire, palpation de l'abdomen et coup d'œil attentif à ses gencives, on me fit part d'un diagnostic beaucoup plus sombre que celui que j'avais anticipé. Des analyses plus poussées, qui seraient conduites sur l'heure, allaient confirmer ou infirmer ce premier verdict. Chose certaine, ce n'était pas le simple diabète que j'avais soupçonné, que dans ma candeur on traiterait par de simples modifications de la diète et une petite pilule, matin et soir. La chose était plus grave. On parlait d'anémie, d'hémorragie interne et surtout d'une tumeur de la rate.

Durant les examens, je devais patienter environ une heure dans la salle d'attente. J'avisai que je sortirais. Les larmes aux yeux, je montai dans ma voiture. Je me rendis à la bibliothèque municipale, je tentai de consulter une revue ou deux, je fis une transaction au guichet automatique de la Caisse populaire. Je ne tenais pas en place. Comme tous les samedis depuis plus de dix ans, mais pour une première fois sans mon chien, je passai saluer mes parents au cimetière.

Je subissais le choc de plein fouet. Ce que j'avais redouté presque depuis le jour où Max était entré dans notre vie ; ce que je n'avais prévu qu'à très long terme, terme dont le couperet ne pouvait tomber que dans encore deux ou trois ans, cela risquait donc de se produire sous peu. Je n'avais d'autres mots à la bouche que des exclamations : Oh ! Mon Dieu ! Oh ! Mon chien ! Mon p'tit chien !

Rien d'autre que ces simples mots ; pas d'idées en tête, sinon celle de la souffrance, de la maladie incurable, de la mort imminente. Je regardais la pierre tombale, les grands arbres, les tours de l'église. Tout autour de moi, je ne voyais que ma douleur. Ma montre indiqua qu'il était temps d'aller retrouver mon chien.

Nous sommes aujourd'hui le 26 décembre. Avant-hier, à la veille de Noël, au beau milieu d'une belle journée ensoleillée d'hiver, alors que je me rendais faire quelques emplettes, je décidai de retourner au cimetière. Je n'y avais pas remis les pieds depuis la mort de Max.

Je roulai jusqu'aux limites du cimetière. Je descendis de ma voiture pour me recueillir devant la tombe de mon beau-père. Je roulai à nouveau. Même manège, devant celles de mes trois tantes, sœurs de mon père. Finalement, dernière station. Sous la neige, ce qui reste des dépouilles de mes grands-parents paternels ; ce qui reste des ossements de mon jeune frère ; et les cendres mêlées de mes parents, que la vie avait séparés, que la mort, d'une certaine façon, réunit à nouveau.

Ce ne sont pas ces morts que je pleurais. Je les ai pleurés chacun en son temps. Ma tristesse s'alimentait à d'autres sources. Nous pleurons nos êtres chers : parents, enfants, compagnons et compagnes de vie. Mais il est humain aussi de pleurer nos chiens, qui semblent parfois plus humains que nous. Bien entendu, les mots sont peu nombreux et les idées ne se discutent pas avec les bêtes. On ne risque pas de se brouiller pour des questions de politique. On ne peut être en désaccord avec le choix de carrière de son chien. Sa petite amie n'arbore pas de tatouages criards. Économise-t-il suffisamment en prévision de ses vieux jours ? Ne devrait-il pas cesser de fumer ?

Il est dans l'ordre des choses que nos parents s'en aillent sur la pointe des pieds ou en tombant du haut d'une falaise. Il est dans l'ordre des choses qu'ils nous quittent. D'ailleurs, nous les avons quittés depuis déjà longtemps au moment où ils disparaissent à jamais de notre vie. Même si nous en prenons soin, même s'ils sont encore présents dans notre quotidien, quelque chose dans la relation que nous entretenons avec eux correspond à un appendice. En fait, ce surcroît de liens vient s'ajouter à du passé. C'est un supplément. L'essentiel s'est joué dans l'enfance. Si quelque chose nous relie à eux, ce quelque chose a eu lieu antérieurement. Le reste, qui vient après, est un prolongement qui se passe en nous, intérieurement. Même avant leur mort, nos parents sont plus ou moins morts et nous les portons en nous, intériorisés. Plus tard, leur mort réelle ne vient que réaliser concrètement cette première mort. Nous enterrons nos parents de leur vivant.

Il n'est pas dans l'ordre des choses que nos enfants tombent du haut d'une falaise, qu'ils nous soient arrachés par des maladies portant des noms compliqués, inventés par les grandes personnes du monde des adultes. Pourtant, les enfants aussi s'en vont. Comme les chiens. Et les poissons. Oui, les poissons. Mon petit frère avait réalisé que son poisson rouge vivait dans une prison de verre. Il vaut mieux tenter de vivre. Pars à l'aventure ! Reconquiers ta liberté ravie ! Jacques avait pris le bocal du petit poisson et versé tout son contenu dans la cuvette, dont il avait ensuite activé la chasse. Ne pas vivre, c'est mourir. Le poisson allait retrouver le fleuve, puis, par-delà les eaux tumultueuses du Saint-Laurent, il rejoindrait les siens quelque part dans les tropiques. Il faut tenter de vivre.

Pourtant, avant-hier, et hier encore, jour de Noël, je n'en menais pas large. Tous mes morts s'étaient donné rendez-vous au cimetière. Je les transportais sur mes épaules. Et moi aussi, je me transportais sur mes propres épaules. Et tous ensemble, nous les morts, un seul être suffisait à nous contenir. Je nous voyais réunis dans les traits de son seul visage.

Mon fameux point d'orgue, qui s'éternise, que j'éternise, ressemble étrangement au son que fait entendre l'appareil auquel sont branchés les moribonds, alors que sur un écran se promène une petite ligne, avec ses hauts et ses bas. Lorsque le moribond fait son petit bond dans l'éternité, la musique devient monocorde, monotone, fait entendre un seul son, dont le point d'orgue s'allonge ; la ligne s'aplatit, se couche sur son lit de mort. Cette note, c'est peut-être le *la*, le *la* absolu de ceux qui nous quittent.

Parfois
Le passé disparaît dans un épais brouillard
Qui enveloppe, et nous dérobe des fantômes.
Dans la confusion de son crépuscule
De légères étoiles toutes pâles s'évanouissent.
Le gris s'obscurcit très dense
S'insinue et s'enroule autour de ce qui fut.
Un souvenir ne tient qu'à un fil.
Nous substituons à cet effiloché une mémoire hyperbolique.
Il n'y a tellement plus rien dans nos mains
Qu'elles construisent de nouveaux châteaux dans les ruines.
Notre rhétorique accomplit des merveilles.
Des sauts de puce nous propulsent dans l'espace du dedans.
Ce qui dort un sommeil éternel dans le néant se réanime.

J'ai tout plein de souvenirs qui ne tiennent qu'à un fil. Où et quand précisément cette scène s'est-elle déroulée ? Le chien est jeune, car il ne songe qu'à s'amuser. Nous marchons. La neige récemment est tombée en grandes bordées généreuses. Il fait un froid de janvier. Le soleil reluira-t-il encore demain de manière aussi superbe qu'en ce lointain jour d'hiver ? Les rues rectilignes, les maisons si tranquilles, les voitures docilement garées dans leurs allées, un certain ennui de banlieue ; rien de cette platitude ne m'apparaissait alors. Le terne s'effaçait, reculait à chacun de nos pas. La beauté du monde s'affichait comme une évidence. Nous marchions tous les deux, les éclats du soleil rebondissaient sur la neige, le ciel d'un bleu immaculé, le froid me pinçait au visage. J'aurais pu marcher ainsi encore plus longtemps. Jusqu'à la fin des temps. D'ailleurs je marche encore. Ailleurs, ici, mon chien marche toujours à mes côtés. La rhétorique accomplit des merveilles. Ce qui dort un sommeil éternel dans le néant se réanime.

Soudain, Max, que je tiens en laisse, quitte le trottoir, fait un bond, tel un renard de l'Arctique, ses pattes avant jointes, saute dans une congère profonde, y plonge et replonge son museau, tant et si bien que sa tête blonde disparaît maintenant tout à fait dans la neige folle, pour en ressortir bientôt, telle une victoire, avec une toute petite mitaine de laine, pleine de cristaux et de gel.

Je m'émerveille de cet odorat qu'il avait. Propre aux chiens. Car enfin, à mon œil nu, il n'y avait là que de la neige, beaucoup de neige. Souvent, il m'arrivait de relire dans des livres les passages consacrés à l'odorat des chiens. Ces derniers sont capables de prodiges. Dans un ouvrage, on disait que leur odorat est dix mille fois plus développé que celui de l'homme. Les chiffres variaient ; j'ai vu qu'on avançait ailleurs le chiffre de un million. Le berger allemand possède

220 millions de cellules sensorielles, alors que notre nez n'en compte que 50 millions.

Dans ces conditions, on ne s'étonnera pas de voir son chien s'asseoir devant soi, alors qu'on est au beau milieu de nulle part, très loin en tout cas de sa gamelle et de ses friandises, s'asseoir et nous regarder fixement, l'air de dire : mon lobe olfactif est quatre fois plus grand que le tien, je sens que tu me caches quelque chose ; je voudrais bien que tu me le donnes.

Bref, le chien demande une collation. Pourtant, en quittant la maison, on en est persuadé, on n'a nullement fait provision de biscuits. Alors, pourquoi ce cinéma ? Des biscuits, je n'en ai pas. Tiens, la preuve, je fouille dans mes poches, rien. Je plonge la main dans celle-ci, et encore dans celle-là : rien, toujours pas de biscuits.

Mais le chien insiste.

Il me reste une dernière poche. J'obtempère. J'y enfonce la main. Qu'est-ce que je découvre ? Au bout de mes doigts, un biscuit. C'était pour la promenade, la semaine dernière. Dans ce manteau, que je n'avais pas porté depuis.

Un amour sans objet, un sujet sans amour. Le chiasme enferme en cette formule le sentiment que ressent l'endeuillé. Lorsque mon père est mort, l'amour que j'éprouvais pour lui ne pouvait rencontrer que son absence. À sa place vacante, il y avait maintenant le vide. Plus aucune présence. Ma tendresse se déversait dans ce néant. L'objet de mon amour avait disparu. Pour l'amour qui s'adresse aux morts, dans une sorte de correspondance vouée à l'échec, il n'y a pas de boîte aux lettres. L'échange se fait à sens unique. Il n'y a pas de réciprocité. Celui qui aime encore reste seul à aimer. Il n'est plus aimé. Le mort en s'en allant le prive de son amour. Le deuil tient tout entier dans cette sentence, dans cette peine capitale : un amour sans objet, un sujet sans amour.

Pour mon père et ma mère, je ne peux plus rien faire. Honorer en notre mémoire ceux que l'on appelle nos chers disparus, cela pour certains semble un devoir. Au-delà de ce devoir, de cette forme de piété, de cet amour sans objet qui toutefois parvient à maintenir vivant ce qui n'est plus, il n'y a plus rien qui puisse être accompli pour les morts. Les fleurs nous consolent à peine de notre impuissance. Nous fleurissons les pierres tombales, bouquets du souvenir et de notre impuissance.

Mon chien est mort. Bien évidemment, la formule s'applique dans son cas. Elle m'est venue en songeant à lui, en parlant de lui. Je racontais à la maîtresse de Taqui, la mère de Pilou-Max, les circonstances dans lesquelles notre chien nous avait quittés. La première partie de la phrase m'est venue spontanément : un amour sans objet. Plus tard, je me suis senti, en tant que sujet, privé de l'amour que cette bête n'avait cessé de témoigner à mon endroit pendant toutes ces années. Le 19 octobre dernier, le monde entier ne s'est pas écroulé. Je ne suis pas Lamartine déplorant qu'« un seul être vous manque et tout est dépeuplé ». Je ne suis pas seul au monde. J'aime et je suis aimé.

Tout de même, cette histoire ne se balaie pas du revers de la main : il y eut cet attachement, ce compagnonnage, cette amitié, cet amour. En acceptant ce chien sous notre toit, nous prenions un engagement. Je l'avais pris très au sérieux.

Alors que sur tant de plans j'avais pu connaître des échecs et commettre des erreurs, voici qu'il m'était donné de prendre soin d'un animal. J'en avais la charge et la responsabilité. Cela me semblait un défi agréable et facile à relever.

Mon travail m'accaparait. Il ne m'occupait pas outre mesure, mais il me préoccupait énormément. Je voulais y donner toujours ma pleine mesure. Rien ne m'indiquait que cette pleine mesure fût suffisante, mais je ne pouvais pas supporter l'idée d'un relâchement. Je tenais à demeurer à la hauteur de ce qu'on attendait de moi. Pourtant, malgré la meilleure volonté du monde, l'enseignant ne peut que ce qu'il peut. Cette limite, je la déplorais. Il me semblait parfois que mon travail laissait à désirer. Mais, compte tenu de qui j'étais et de ce qu'était ma vie, il m'était impossible de faire mieux.

Ma vie personnelle, ma vie privée me laissait encore plus songeur. Au moins, en classe, j'étais maître de mon destin d'enseignant. Il ne tenait qu'à moi de bien préparer mes cours, de bien les mettre en scène. Il m'arrivait de terminer un cours en m'applaudissant intérieurement, d'être satisfait d'une session et de toute une année académique ; il m'arrive pareillement de considérer l'ensemble de ma carrière et de me féliciter. Mais sur le plan personnel, que de maladresses, que de gâchis, fautes de toutes sortes, trahisons, faiblesses, mensonges, duplicités et j'en passe.

Aimer, aimer vraiment, au bout du compte n'est pas un conte de fées. On peut jouer sur les mots, mais aimer est, de tous les mots, le moins facile à mettre en œuvre, le contrat le plus difficile à honorer. Dieu a créé l'homme et la femme. L'homme et la femme ont créé l'amour. Le diable a inventé le reste. Que ce soit le mariage religieux ou civil, le mariage ou l'union dite libre, la vie à deux, la cohabitation, d'un conjoint et d'une conjointe, d'un chum et de sa blonde, rien de tout cela ne change rien à l'affaire. Avec le temps, la question de l'amour se pose de manière cruciale et la réponse ne vient pas toujours aisément. On ne bat pas la femme de son voisin, on se contente de battre la sienne. On ne trompe pas la femme du voisin avec sa femme, mais sa femme avec celle du voisin. Les couples qui durent s'endurcissent parfois dans la dureté de l'amour. On peut jouer avec les mots, l'amour n'est pas forcément comique. Je n'ai pas toujours été drôle, pas toujours été un compagnon amusant ou de tout repos.

Avec nos enfants, au chapitre de l'amour, on se dit qu'on fera mieux que nos parents. Il arrive qu'on fasse pire. S'ils piquent du nez en plongeant en bas du nid, on se dit que c'est raté. Des parents vous annoncent fièrement que leur fils, bardé de diplômes, s'est trouvé un emploi au sommet d'une tour, dans une agence de ceci ou de cela, grand cabinet d'avocats, etc. ; qu'il est devenu président de la Banque de ceci ou de cela, qu'il... qu'il... qu'il fait tout et tout... et réussit brillamment... possède ceci, encore cela... voyage partout dans le monde... et encore plus. Oui, bravo, celui-ci n'a pas piqué du nez en prenant son envol. Les parents ont réussi à conduire leur progéniture aux portes de la réussite. Leurs jeunes adultes planent au-dessus de la médiocrité. Très haut dans le ciel. Bravo !

Aimer ses enfants, c'est aussi les éduquer. Pour les élever, il faut d'abord être soi-même en haut, se pencher et les soulever vers soi. Ou encore, du plus bas de soi-même, les pousser, les repousser vers le haut, faire tous les efforts pour leur apprendre à faire des efforts. Il faut leur apprendre à vivre. Pour cela, tout de même, il faudrait soi-même savoir comment.

Ai-je jamais su comment vivre, comment bien vivre ? Ai-je bien aimé ma femme et mes enfants ? Au bout du compte, il n'y a pas de compte, seulement encore un peu de temps pour terminer les choses en beauté. Or je viens d'apprendre à l'école des chiens que les choses se terminent parfois abruptement.

Rien n'était donc simple. Et voici que ce chiot gravissait maintenant les marches de notre escalier. Il arrivait chez nous. Mari quelconque, père perplexe, fils ingrat, enseignant claudiquant, poète suicidé, il m'était peut-être enfin donné la chance de faire quelque chose de bien, comme si on remettait les compteurs à zéro, comme si je revenais au moi le plus enfantin de moi-même, le plus ancien et le plus pur, à mon noyau d'enfance le plus dur. À partir de ce jour, en face de ce chien, avec ce chien, je pouvais et devais, dans la mesure du possible, donner le meilleur de moi-même et réussir enfin à rendre un être vraiment heureux, fût-il un chien.

Dans le plus mallarméen de ses poèmes, le jeune André Breton écrit : « L'attachement vous sème en taffetas. » C'est le seul vers du grand surréaliste que je connaisse par cœur. Je n'ai fait aucun effort pour le retenir. Il s'est gravé de lui-même dans ma mémoire. Sans doute pour que je sois un jour en mesure de le citer, de le citer précisément aujourd'hui, non sans m'interroger cependant sur sa signification.

Ce vers me revient en mémoire, alors que se pose pour moi la très curieuse question de l'attachement. Il frappe à la fenêtre, pour employer une autre expression chère à Breton, alors que mon esprit s'égare dans les labyrinthes évoqués par Malherbe : « Est-ce quelque dédale où ta raison perdue / Ne se retrouve pas ? »

Justement, aujourd'hui, j'errais dans mes pensées. Les discours que me mettait en l'esprit un amour maintenant sans objet, augmentaient mon chagrin. J'allais en solitaire, tel un veuf, un inconsolé. L'absence m'a semé loin derrière. Désormais, je marche seul. Il ne servirait à rien de courir à la poursuite d'une ombre blanche. Elle s'est envolée à jamais.

Dans la forêt du rêve, dont je m'éveille à peine, les sentiers sont peuplés d'absences vagabondes. Ce sont des sentiers qui vont dans tous les sens, qui se superposent à travers les branches basses de la forêt profonde, qui se confondent et tournent en rond. Qui s'y aventure, s'y perd. L'ombre fuit et nous sème ; le flair humain ne parvient pas à démêler parmi tant d'effluves le parfum défunt de l'absent. La piste est perdue. De mes promenades, de mes divagations, je rentrerai désormais toujours bredouille.

Cependant, si l'attachement sème dans le sens de la perte, il sème également dans celui du gain. Si le chemin est perdu, chemin d'autant plus perdu qu'il n'a jamais existé, d'où l'égarement de celui qui souhaitait s'y engager, l'attachement offre malgré tout une manière de legs. L'endeuillé reçoit en contrepartie l'avers de sa perte. Il hérite d'un certain bien. Certes, on n'a semé pour lui aucun caillou sur le chemin qui n'existe pas, mais quelque chose en son âme s'est déposé, qui maintenant croît et fructifie.

L'attachement a semé l'étoffe de son riche taffetas. C'est qu'une entreprise de tissage s'établit dans les tréfonds de la conscience ; le rêveur éveillé taille dans ses souvenirs les habits chatoyants dont il revêt désormais sa ménagerie la plus intime.

Ceci un jour s'est produit. Dans le cirque absurde, un mime pathétique s'est avancé parmi les tigres et les éléphants. On ne l'a pas dévoré, les lourdes bêtes n'ont pas écrasé ses membres chétifs. Des trapézistes au-dessus de lui accomplissaient des miracles ; du feu était recraché, des lames avalées, des femmes sciées en deux. Le spectacle rare donnait tout son prix à la terne existence du quotidien.

Mais il est surtout arrivé beaucoup de banalité dans les hameaux que la foire dédaigne. Dans les coins perdus où personne ne s'aventure de gaieté de cœur. Coins perdus qui sévissent partout, et que hante tout un chacun, la vie de la plupart des hommes étant faite de silences désespérés. Les souffrances ne crient pas, elles demeurent muettes et se tiennent bien tranquilles.

L'attachement sème les hommes au cœur du taffetas. Ils plongent dans le taffetas des femmes, ils y trouvent un peu de bonheur et parfois encore plus de malheur. Les petites princesses n'échappent pas à la règle, elles tombent dans les mêmes abîmes ; belles jeunesses qu'on allait couvrir d'or, qu'on traîna plutôt dans la boue. Les mirages se précipitaient sous leurs paupières, puis firent place à perte de vue aux dunes de leurs déserts affectifs.

Je n'ai jamais traversé de tels déserts, jamais mordu à de tels hameçons, jamais totalement cru au grand bonheur. Je n'ai pas uniquement aimé un chien. Mes attachements ont été d'ordres divers. Des fils se sont embrouillés. L'inextricable complique tout. Il me faudrait un certain courage ou fort peu de pudeur pour entreprendre d'en faire, sur le plan littéraire, mon fonds de commerce. Je ne suis pas suffisamment détaché de moi, mon passé me colle encore trop à la peau pour que je songe à évoquer sans vergogne les faux beaux jours de tous mes grands et petits faux pas.

Toutefois, en ce qui a trait à la simplicité, que je rapproche de l'être de l'enfance, je n'hésite pas à disserter.

Il me faut au contraire aborder, et cela me paraît tout à fait impératif dans le cadre de ce récit, les curieuses manifestations de l'attachement. Je veux découper un bel habit dans le taffetas que m'a légué mon bon ami. Je le lui offrirai, il sera fait sur mesure, à la démesure du sentiment qui m'habite lorsque je songe à lui, c'est-à-dire tout le temps. Il portera cet habit aux doux reflets changeants, dans ce récit, qui pour rien de moins que l'éternité, lui servira de niche dorée, de mausolée, de Panthéon.

L'attachement court de la première à la dernière page de ce récit. Le mot qui le clôturera ne saura y mettre un terme. Notre lien affectif est né avant même que je lui mette une laisse au cou. Sa dernière, ainsi que son dernier collier sont encore dans le coffre arrière de ma voiture, là où je les ai déposés en sortant de la clinique. Rien n'y changera. Le Léthé ne peut emporter dans son cours les hyperboles de ma mémoire. Aucune amnésie ne viendra à bout de cet attachement.

Ma mère, dans ses derniers jours, alors que dans sa chambre je lui chantais de vieux airs folkloriques, allant même jusqu'à esquisser quelques pas de danse afin de lui arracher un sourire, me dit avec tendresse que j'avais toujours été attachant. Je suis persuadé qu'elle s'adressait alors à mon père. Dans l'espèce de délabrement mental qui s'installait en elle depuis quelque temps, il lui arrivait de nous confondre parfois. Mon père et moi partagions une certaine fantaisie, un goût prononcé pour le jeu. Le petit spectacle de son fils dansant à la Gene Kelly, avait sans doute télescopé dans son esprit le père et le fils. Bref, j'étais attachant. Par conséquent, et justement pour cette raison, mon chien à l'instar de ma mère s'était attaché à moi.

Lui ne chantait ni ne dansait. Son charme reposait sur un je ne sais quoi que je ne pourrais tout à fait expliquer. De lui, émanait tout simplement la pure essence de son être. Il lui suffisait d'être. Alors qu'il était encore tout petit, le processus déjà s'amorça. Il arriva dans notre maison et tout naturellement y habita. Les lieux n'attendaient que lui. Sa magie automatiquement les métamorphosa. Ou serait-ce son départ qui maintenant met en évidence l'espèce de rayonnement qui résultait justement de sa présence ?

Il arriva. Un de nos premiers plaisirs consista à le nourrir. Il mangeait avec appétit. On dit que le chien admire ses maîtres, entre autres raisons parce qu'ils sont à ses yeux des chasseurs ramenant à la tanière les proies et le gibier du repas. Mes retours de l'animalerie modifiaient la physionomie de mon chien. Ses yeux brillaient, ses oreilles se dressaient au seul son qui provenait des lourds sacs de moulée que je transportais sur mes épaules. Les sacs de plastique contenant ses friandises le mettaient en émoi. Les odeurs de viande fraîche ramenée de l'épicerie titillaient également sa narine. Il savait que les reliefs de nos repas prendraient immanquablement le chemin de sa gamelle.

Que d'heures j'ai passées à désosser dindes, poulets et canards pour faire du bouillon avec leurs carcasses. Max attendait tranquillement que je lui offre la viande qui résultait de cette opération. Les restes de viande que j'avais retirés des os avant de les plonger dans la casserole lui étaient destinés. Il est pénible aujourd'hui de reproduire ces gestes culinaires, désormais sans conséquence pour lui. La viande recueillie, économisée un peu chichement aujourd'hui, totalisant l'équivalent d'une balle de tennis, ajoute peut-être à la soupe, mais le chien l'aurait grandement appréciée. Le temps perdu lors de cette corvée, je ne le perds plus au bénéfice de mon chien ; il n'en résulte aucun gain, aucun supplément pour lui.

Je ne rechignais pas devant l'énormité de la tâche, lorsque venait le temps du brossage. J'aimais la docilité avec laquelle Max se soumettait aux ennuyantes manipulations qu'impliquaient ces soins. Ennuyantes pour lui. Pour ma part, je souriais de le voir quelque peu dépité par la chose. Il devait patienter durant de longs moments. Au retour de la belle saison, il perdait sa robe hivernale. Ses poils envahissaient la maison. Il fallait souvent passer l'aspirateur.

Nous nous rendions à l'extérieur avec une de ses brosses. Je l'attachais afin qu'il reste en place. Je le faisais s'étendre sur le parterre, puis je commençais à m'affairer. Je brossais longuement ses longs poils. Parfois, les touffes s'envolaient au vent. Des oiseaux les emportaient pour ajouter au confort de leur nid. Max cherchait à mettre un terme à la séance. Il tentait de se relever. Mais il fallait poursuivre le brossage. Je le recouchais enfin sur l'autre flanc. Un chien passait dans le parc. Max s'agitait. L'opération s'achevait lorsque je m'attaquais à sa longue queue touffue. Le chien était maintenant debout, je l'enfourchais à l'envers, sa tête dans la direction opposée à la mienne. Je le maintenais entre mes deux jambes, exerçant une pression avec mes genoux afin qu'il ne remue pas. Puis, je brossais ce fouet richement frangé. Avec un linge humide, je nettoyais le dessous de son ventre.

Je lui donnais rarement un bain. À la campagne, il sautait à l'eau sans se faire prier. Je me souviens de sa première baignade. Je le devançai dans le lac. Après une plage de sable, une fois qu'on avait mis le pied à l'eau, la faible inclinaison du sol permettait à chacun de s'immerger à son rythme, d'y aller progressivement. Max n'eut donc pas à plonger à l'eau. Il y entra en marchant tranquillement et, sans transition aucune, le sol ayant disparu sous ses pattes, il se mit à nager comme s'il avait toujours su le faire. Il avait hérité de son père des pattes palmées de golden. En sortant de l'eau, son pelage collé, aggloméré le long de ses côtes mettait en évidence sa sveltesse. Ce chien que tant de poils semblaient gonfler ne souffrait d'aucun embonpoint. Il n'eut un tonneau qu'à la fin de sa vie, attribuable non pas, comme je m'en faisais le reproche, à des gâteries supplémentaires, mais à la maladie dont il était secrètement atteint.

Lorsque je nageais, il m'accompagnait toujours. Il décrivait autour de moi de larges cercles, qui allaient en se rapprochant. Je crois qu'il cherchait à me protéger. Quoi qu'il en soit, il ne me quittait pas des yeux.

Il y eut un autre lac. La veuve de mon père nous avait offert de séjourner dans sa maison de campagne pour quelques jours, dans la région de Brome. Le lac des Cantons-de-l'Est où était situé l'ancienne résidence secondaire de mon père était quasiment sauvage. Le matin, de splendides oiseaux faisaient entendre leurs sifflements. Il y avait là quelques huards. L'autre rive du lac était vierge.

Quelques années auparavant, alors que nous venions d'apprendre que papa était gravement malade, je lui avais rendu visite au lac. Nous étions en automne. Je n'avais pas annoncé ma visite. J'enseignais à Granby. Sur un coup de tête, en sortant du collège, j'avais décidé d'aller le saluer. Mon père et sa femme n'étaient pas à la maison à mon arrivée. Je les avais attendus en contemplant le lac. Papa avait pleuré lors de cette rencontre. Cette visite inopinée confirmait à ses yeux la gravité de son mal. En d'autres circonstances, je ne serais pas venu le saluer à l'improviste au beau milieu de la semaine.

Je donnais si peu souvent de bain en règle à Max que j'ai pu me servir de sa première bouteille de shampoing la dernière fois que je lui en ai donné un. Il s'agissait d'un shampoing pour chiots. Max était sorti tout pâle de cette séance de nettoyage. Et encore une fois, considérablement aminci. J'avais lu que les bains fréquents nuisaient à la santé des chiens, qu'ils réduisaient leurs huiles naturelles, ou asséchaient leur peau. Trop de savon était à éviter. En revanche, même si je ne l'immergeais pas dans l'eau de la baignoire, un brossage régulier, un linge humide avec un peu de savon doux passé sous son ventre, les promenades sous la pluie et, surtout, la neige blanche des récentes tempêtes, lui permettaient d'être toujours propre. Les gens me faisaient compliment de cette propreté. On me disait que je devais le brosser fréquemment. Cela n'était vrai qu'en été.

On doit tailler les griffes de son chien. Max n'aimait pas le clic du coupe-ongles. Dès que je m'avançais dans sa direction avec cet instrument, il me fuyait. J'adorais ces moments. Je les adorais parce que cette petite crainte qu'il manifestait alors lui donnait un air de chiot. Je le rattrapais et le conduisais sur le balcon. L'exiguïté des lieux me permettait d'exécuter plus facilement ma tâche. Du reste, je n'insistais pas. Je craignais de lui faire mal. Je coupais précautionneusement, juste un peu, insuffisamment. Les trottoirs se chargeaient d'entretenir ses griffes.

J'ai négligé les dents de Max. Je ne les ai brossées que dans sa jeunesse. Le tartre non seulement enlaidit la gueule du chien, non seulement lui donne mauvaise haleine, mais est surtout responsable de maladies qui peuvent être graves. La plaque dentaire se minéralise. Une fois la gencive atteinte, le tartre peut provoquer des abcès. Les bactéries qui passent parfois dans le sang, risquent de se fixer sur certains organes. Qui sait, cette négligence, dans le cas de Max, aurait peut-être causé la tumeur de sa rate.

De tous les soins que je lui prodiguais, mon préféré était celui du nettoyage des oreilles. Encore une fois, dès que Max voyait que j'avançais dans sa direction avec mon chiffon humecté, la petite serviette imbibée d'alcool, ses oreilles se dressaient en points d'interrogation. Il comprenait vite et se levait. Exit, il voulait descendre l'escalier ou sortir sur le balcon. Ce soin ne correspondait nullement à une séance de torture. Il patientait. C'était vite fait.

Il m'arrivait souvent de soulever l'oreille de Max et d'y plonger le bout du nez. J'adorais renifler l'odeur de son oreille interne, toute rose, avec de petits poils doux. Je ne saurais dire en quoi consistait cette odeur, je ne saurais la décrire : quelque chose comme du miel de sarrasin. Comprenne qui voudra, humer cette odeur, c'était comme atteindre quelque chose de son essence. Lorsqu'il gisait sur le plancher de la clinique, alors qu'il venait tout juste d'expirer, j'ai soulevé sa petite oreille et j'ai respiré pour une dernière fois sa bonne odeur. J'ai emporté un peu de cette odeur avec moi.

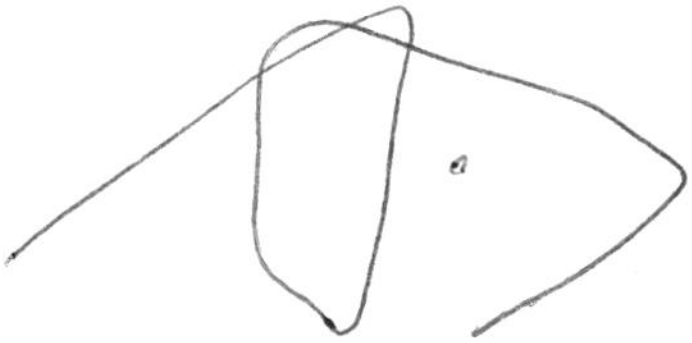

Dans la maison, il savait toujours où j’étais. Pour ma part, si, après un long moment sans l’avoir vu, je réalisais que j’ignorais où lui se trouvait, je partais à sa recherche et le retrouvais la plupart du temps, comme je l’ai déjà mentionné, dans notre salle de lavage. Souvent, il y était assis devant son armoire à biscuits. Sa requête muette était efficace. Si j’avais tardé à me présenter, il s’était alors couché, conscient que j’allais bientôt le rechercher et que, l’ayant enfin trouvé, j’allais lui donner ce qu’il me demandait.

Parfois, dans les périodes où les chiennes étaient en chaleur, je le retrouvais plutôt dans l’escalier, engagé à mi-chemin, m’attendant inconfortablement, assis sur deux marches, pattes avant sur l’une, fesses sur la marche du haut. Il pouvait patienter là très longtemps. Si je me présentais pour lui ordonner d’aller se coucher, il obéissait à contrecœur. Parfois, de guerre lasse, avant même que j’arrive dans le cadre de la porte, il descendait se coucher et attendait.

Il a toujours emprunté l’escalier de la même manière, je devrais plutôt dire au même endroit. Il longeait le mur, le même mur, que ce soit en montant ou en descendant. C’était le mur de droite, lorsqu’on descend. Si on observe les marches de ce côté, on remarque une usure prononcée ; ce sont les traces qu’y ont laissées ses pattes et ses griffes. De ce côté, le bois est noirci par endroits. Quant au mur contigu, il se salissait rapidement. Je le lavais souvent. Son pelage altéré par la terre et la boue, les poussières, la pluie, le sable d'épandage et la neige noircie, déteignait sur le mur. Le frottement de son corps qui prenait appui sur le mur et qui, en le frôlant, s'en servait comme point de repère, de manière peut-être à contrer une sorte de vertige ou pour compenser l'obscurité de l'escalier mal éclairé, a laissé une sorte de nuage grisâtre et brunâtre à la fois, que maintenant je tarde à effacer. Cette sorte de vestige de sa présence, de sa curieuse manière d'utiliser l'escalier, est un rappel constant de son passage parmi nous. Au printemps prochain, je frotterai et laverai tout ça. Rien ne presse.

Je fais un saut de puce. On dit que faire un saut de puce, c'est faire un petit saut. Tout cela est curieux, car les puces sont plutôt de grandes sauteuses, dont les performances feraient pâlir d'envie les athlètes olympiques. En fait, un petit saut de puce dans mon encyclopédie m'apprend qu'elles sautent jusqu'à trois cents fois leur taille. Faire un saut de puce, dans l'organisation d'un discours, correspond, j'imagine, à passer d'un sujet à un autre sans aucune forme de transition, de manière capricieuse, au gré des sentiments qui nous animent ou des idées qui, à brûle-pourpoint, se succèdent dans notre esprit. À vrai dire, je n'en sais rien.

La puce aime le chien, qui ne l'apprécie guère. Cela, je le sais. Les chiens constituent des hôtes de choix pour ces insectes. Lors de la promenade, ils leur sautent dessus, s'installent et se vautrent dans leur pelage. Le chien leur sert de voiture de luxe, il les conduit directement dans la maison de ses maîtres. Tapis, fauteuils, canapés, lits et coussins deviennent de splendides hôtels de luxe. On y sert quotidiennement de magnifiques dîners. Notre corps en fait les frais.

La puce trône au sommet de tous les désagréments qu'un chien peut apporter dans une maisonnée. Les poils que la brise fait rouler sur le parquet, ce n'est rien. Le canapé détrempé en hiver au retour de la promenade dans la neige, cela est moins que rien. La terre et la poussière qui, en séchant, tombent de son corps, nous obligent à passer le balai très souvent ; cela ne représente pas en soi un effort surhumain. Les fortes odeurs qui résultent du liquide blanchâtre perlant à l'extrémité de son sexe et qu'une pollution nocturne ou diurne démultiplie, rien de cela n'approche, en terme de déplaisir, les souffrances qu'engendrent ces foutus insectes, auxquels, aux yeux de leurs victimes, le nom scientifique de ptérygotes holométaboles ne parvient pas même à conférer quelque noblesse que ce soit.

Les premiers médicaments antiparasitaires que je dus administrer à Max transitaient par voie orale. Je tentai d'abord de dissimuler la pastille, un comprimé qui ressemblait à ses croquettes, directement dans sa gamelle, mêlée au reste de sa moulée. Il mangea son repas avec appétit, mais laissa le comprimé dans le fond de la gamelle.

Je pris le comprimé et l'enrobai de beurre d'arachides. Il aimait le beurre d'arachides, mais il sentit, à l'aide de ses milliers de cellules olfactives, le médicament camouflé à l'intérieur de la friandise. Finalement, je lui ouvris la gueule et j'y enfournai directement le médicament. Je refermai sa gueule et je maintins fermement ma prise autour de son museau. Il avala. Ce n'était pas là une séance de torture, mais j'aimais bien le mélange de crainte, de refus et de docilité par lequel Max devait passer lors de l'administration du comprimé. Six fois par an, nous eûmes à reprendre la scène. Le regard de Max était alors toujours attendrissant.

Le second type de médicament que nous avons utilisé m'amusait moins. Son administration était quelque peu problématique. Je devais écarter les poils de Max entre ses épaules, découvrir la peau toute rose du haut de son dos et exprimer, d'un petit tube sur lequel j'exerçais une légère pression, quelques gouttelettes de liquide. Max n'appréciait pas la chose. Il prenait son mal en patience, mais chaque mois, lorsqu'il me voyait venir, tenant dans une main la brosse qui servirait à séparer ses poils et dans l'autre le petit tube, il cherchait une porte de sortie. Je le rattrapais. Nous sortions sur le balcon. Je le faisais asseoir. J'attaquais les poils entre les épaules, parvenais au rose de la peau, perforais le tube et répandais la substance. Elle ne pénétrait pas immédiatement dans la peau. Je remettais le poil par-dessus la région arrosée afin que le liquide ne s'évapore pas, je pressais sur le poil pour qu'il accède à la peau. Une heure plus tard, les poils étaient pris ensemble, formaient une petite croûte. Quelque chose me disait que je m'y prenais mal.

Chose certaine, les traitements ne s'avéraient pas toujours efficaces. Notre domicile n'était pas envahi par les puces, mais il y eut des étés où la chose empira. Le chien ne semblait pas trop incommodé, mais ma femme était sensible à la piqûre des insectes que Max ramenait chez nous. Mes petits-enfants ont été à plusieurs reprises victimes de ces fâcheux personnages.

Les crèmes adoucissantes ou calmantes n'offraient qu'un médiocre soulagement à notre irritation. J'appris d'un drôle de Chinois qu'on devait frotter la lésion meurtrie avec de l'eau de Javel. Lorsque l'occasion se présenta à nouveau, lorsque je fus piqué derechef, je suivis son conseil. Je ne le regrettai pas. On frotte durant quelques secondes à l'endroit de la morsure, l'eau de Javel s'applique sans que l'on ressente d'inconfort. Puis on vaque à ses occupations. On ne songe plus à la brûlure, quelques instants plus tard on ne la sent plus du tout.

Lors de balades familiales, si je quittais le groupe et revenais sur mes pas, il s'arrêtait, se retournait et me regardait longuement. Il hésitait à suivre les autres. La laisse l'empêchait de me rejoindre. Il consentait malgré tout à les accompagner.

Un adolescent, qui tous les jours accompagnait notre jeune voisine à l'école, passait souvent en l'attendant de longs moments en compagnie de Max. Il connaissait bien mon chien et s'était pris d'affection pour lui. Un jour, alors que je nettoyais le terrain devant chez moi, il me demanda l'autorisation de promener mon chien. Je consentis, tout en l'avertissant que je ne croyais pas que l'idée sourirait à mon chien. Je lui donnai la laisse et continuai de m'affairer à l'avant de la maison. Ils ne firent pas trois pas. Max refusait obstinément de le suivre.

Une rare exception. Max acceptait de bon cœur la promenade avec mon beau-frère. Lorsque nous quittions la maison pour plusieurs heures, celui-ci acceptait de prendre soin de Max. Il le sortait longuement. Max lui réservait toujours un accueil chaleureux.

Plusieurs enfants désiraient également le promener. Je leur expliquais qu'ils étaient trop jeunes ; il fallait attendre encore quelques années. Max tirait trop sur la laisse, il les traînerait derrière lui. On venait souvent le visiter. Les parents quittaient le parc avec leurs bambins pour venir le caresser. En ces occasions, Max était toujours tranquille. Des enfants s'arrêtaient sur le chemin de l'école, notre ancienne école des chiens. Il eut ainsi de nombreux admirateurs au fil des ans. Plusieurs d'entre eux, par un détournement de l'affection qu'ils lui vouaient, firent par la suite l'acquisition d'un chiot.

Parfois, si j'avais une course à faire, je le faisais monter dans la voiture. Par exemple, il venait planter les fleurs avec moi au cimetière. Si je sortais de la voiture, en mon absence, il prenait ma place sur la banquette. Il semblait être le conducteur.

Nous nous adonnions lui et moi à ce que j'appellerai le curieux jeu de Touque. Après avoir joué à la balle durant un certain temps, voici qu'il s'étend de tout son long sur le sol. Il n'est pas nécessairement fatigué. Même très jeune, il joue au jeu de Touque. Il est donc couché et je lance alors délicatement la balle sur son cou, sur sa tête, en faisant entendre tout doucement cette onomatopée, cette interjection, ce son presque silencieux : Touque. Ce jeu se joue calmement. Je me penche au-dessus de lui, je suis à deux pieds de lui. La trajectoire de la balle est courte. Max ne bouge pas. Ce jeu peut se poursuivre pendant plusieurs minutes, jusqu'à ce que je me lasse. Si la balle s'immobilise à proximité de son museau, il ouvre lentement la gueule et la saisit. Il me la remet dès que j'en fais la demande et le jeu se poursuit. Jamais je ne lui ai appris ce jeu. On y a joué une première fois, puis on l'a répété plus de mille fois, même dans les dernières semaines de son dernier automne.

Que pouvait signifier cette curieuse attitude ? En quoi ce jeu pouvait-il être amusant ? J'imagine qu'il y trouvait un plaisir au moins égal au mien. Dans sa lenteur, ce jeu ressemblait énormément à nos poursuites autour du guéridon dans le salon. Ces poursuites lors desquelles nous trottions aussi rapidement que de lentes tortues n'avaient sans doute à ses yeux que le mérite de prolonger le moment durant lequel je m'occupais de lui.

Il y avait aussi cet autre jeu, lorsque tout petit, mais il s'y adonna encore jusque dans les dernières semaines, il prenait une chaussette, un toutou, et m'invitait à le poursuivre. Je marchais derrière lui, faisant mine d'accorder une grande importance à l'objet ravi. Il pouvait aller d'une pièce à l'autre sans arrêt ou faire le tour d'une même table inlassablement. Il trouvait cela amusant, manière encore une fois de demeurer en contact avec moi. Je regrette aujourd'hui d'avoir trop rapidement interrompu nos dernières séances de jeu, pour lire le journal, boire mon café ou m'adonner à des activités qu'il ne pourra jamais plus interrompre.

Alors que je roulais en voiture, j'aperçus un jour, au beau milieu du parc Beaudet, situé à moins de trois cents mètres de chez moi, une grande fille blonde en train de jouer avec son chien. Le chien courait librement autour d'elle. Il s'amusait avec une balle. Elle lançait, il rapportait.

Cette fille avait un corps d'athlète, des jambes interminables, de grands bras nus. Elle était belle de loin, la suite m'apprit qu'elle l'était également de près. Elle et un homme, son compagnon, que je n'ai jamais vraiment rencontré, un Noir entraperçu à l'occasion, venaient tout juste d'emménager dans notre quartier. Avec le chien, ils formaient une petite famille, appelée sous peu à s'agrandir. La jeune femme était enceinte, ce dont témoignait un ventre exhibé dans sa pleine splendeur de gros ballon rond, bien mis en évidence, par temps de canicule, par un vêtement qui ressemblait plus à un soutien-gorge qu'à autre chose.

Cette fille me dépassait d'une tête ou deux. Comme elle promenait régulièrement son chien, nos routes finirent par se croiser. Je lui adressai la parole. Elle était anglophone, sympathique, drôle et d'un commerce agréable. Il y a des gens qui réussissent, grâce à leur charme naturel et leur simplicité, à mettre en confiance même le plus méfiant ou le plus inquiet des hommes. Je prenais plaisir à la saluer, à faire avec elle un brin de causette. Je ne sais même plus si son chien n'était pas plutôt une chienne. Je crois que la jeune femme se nommait Raya.

En hiver, jusqu'à tout récemment, il n'y avait pas de panier à ordures dans le parc Gohier. Je devais nécessairement utiliser ma poubelle pour disposer des déjections de Max. Un soir, un peu après le souper, je me promenais avec lui, presque toujours en liberté à cette époque. Il avait fait ses besoins, mais le temps était clément et je désirais poursuivre notre promenade avant de rentrer à la maison. Je transportais depuis une dizaine de minutes un sac contenant sa dernière selle. Comme nous passions devant la maison, et comme je ne désirais pas traverser la rue pour aller le déposer dans notre poubelle, je décidai de lancer le sac sur notre terrain. Il est facile de lancer sur une courte distance un sac qui va lentement atterrir dans la neige. Il s'agissait de viser juste, sans trop de précision, au fond peu importait où le sac allait tomber, pourvu que ce fût chez moi.

Je pris mon élan et je lançai. Le sac, plutôt que de décrire la courbe souhaitée, s'éleva directement au-dessus de ma tête pour aller s'accrocher à la plus haute branche d'un arbre. Dix mètres au-dessus de moi, en raison de ma maladresse, se balançait au gré du vent un sac rempli d'excréments. Il allait rester là jusqu'à la fin des temps si je ne parvenais pas à l'en déloger. Je résolus d'aller chercher une balle de tennis à la maison. Il y en avait des dizaines dans le portique. J'ordonnai à Max de s'asseoir et de m'attendre. Je partis et revins immédiatement.

On ne saurait trouver plus mauvais lanceur que moi. Je rate toujours la cible. De deux pieds, à droite ou à gauche. Mauvais lanceur, mais fauteur obstiné et persévérant lorsque vient le temps de s'amender. De ma fenêtre, pendant tout l'hiver, j'aurais vu ce sac de caca. Il n'en était pas question. Du reste, même vide, la vue d'un sac de plastique prisonnier dans le haut d'un arbre me semble offensante.

Me voici donc sous l'arbre, tentant d'atteindre la haute branche, espérant que le choc à lui seul délogera le sac et son contenu. Bien entendu, mauvais lanceur lance mal. Mais il insiste et se concentre. Il vise bien, mais lance mal. Il regarde le sac, le fixe avec intensité, lance, lance encore, et relance à plusieurs reprises. Rien n'y fait. Décidément, s'il lui est arrivé de briller dans les sports, au baseball, c'est une autre histoire. Au marbre, il se tirait bien d'affaire, la balle frappée s'envolait jusqu'à l'extrémité du champ. Il attrapait aussi correctement la balle. Mais lorsque venait le temps de la relancer, son tir médiocre, approximatif, décevait ses coéquipiers. Il n'était jamais le premier choix lorsque venait le moment de former les équipes.

Je lance croche. Je suis en dessous de cet arbre depuis au moins vingt minutes. Je persévère malgré tout. Sur ces entrefaites, arrive la belle grande blonde, tout emmitouflée dans ses vêtements d'hiver. Son chien court autour d'elle. Je les vois venir dans ma direction. Je cesse de lancer la balle. Me voyant, immobile au beau milieu de l'allée, la fille se rapproche d'un air interrogateur. Lorsqu'elle arrive enfin, je la mets au parfum. Je lui dis : Tu vois ce sac en haut de l'arbre ? Eh bien ! C'est moi. Tantôt, par inadvertance, j'ai lancé maladroitement ce sac de caca. Mais maintenant, je me propose de l'atteindre avec cette balle. Regarde comme je lance bien.

Puis, je m'exécute. En plein dans le mille. La grande blonde au si beau ventre rond me comble de compliments. Elle n'en revient pas. Elle est franchement émerveillée.

Ma gloire fut de courte durée. Je me suis vite empressé de dégonfler sa baloune. J'ai remis les pendules à l'heure, en confessant que j'étais là depuis longtemps et que j'avais dû lancer la balle au moins cent fois avant d'atteindre la cible.

Au printemps, le bébé café au lait naquit. La jeune femme et son petit monde disparurent de notre quartier.

Une idée toute simple m'est venue. Une sorte d'entourloupette ou de sophisme. Je me dis que la seule chose qui peut me consoler de la perte de mon chien est finalement mon chien lui-même. En effet, je dois admettre, en toute logique, que si je l'ai perdu, c'est bien parce qu'au départ il était là, durant toutes ces années, avec nous. Pour perdre quelque chose, il faut d'abord l'avoir possédé. Par conséquent, le chien qui était présent naguère m'aide aujourd'hui à tolérer son absence.

Évidemment, cela ne change rien au fait que je l'ai perdu. Mais tout de même, avant de mourir, Max a vécu avec nous, il était notre chien. Sa mort n'efface donc pas, n'abolit pas ce qui a été. Ce qui a été demeure. Le bonheur que j'ai connu grâce à lui atténue la perte de ce qui n'est plus.

Mince réconfort, soit ; mais réconfort tout de même. Le chien que j'ai eu me console du chien que je n'ai plus.

Une amie de chiens, à qui j'annonçais la mort de Max, déclara après avoir évoqué les circonstances dans lesquelles un de ses vieux chiens était mort, que nos bêtes en mourant nous laissent de bien beaux souvenirs. J'opinai, mais songeai pour ma part que décidément ces souvenirs étaient plutôt cruels. Ils l'étaient, en effet, d'autant plus que la mort de

Max était alors toute récente. Cette cruauté du souvenir maintenant s'estompe. Je peux trouver du soulagement à me remémorer ce qui a été.

Malherbe conseillait de vouloir ce que Dieu veut. On pourra ici se passer de Dieu et de ses divins desseins, mais le principe demeure valable. Le poète, au fond, propose tout simplement d'accepter ce qui ne peut être refusé, ce contre quoi le refus est impuissant. La révolte ne ressuscite pas les morts. Nos chagrins, nos remords n'ont pas plus de pouvoir. Lorsque l'inéluctable rencontre l'irrémédiable, il n'est pas de machine infernale qui puisse faire marche arrière. Ce qui a été ne peut plus advenir.

En mourant, Max ne me confisque pas le bonheur qu'il m'a donné de son vivant.

Il y a quelques jours, je croise un de mes anciens amis de chiens. Je suis tout à mon chagrin. Je lui annonce la mort de Max. Il m'offre ses condoléances. Puis, fâcheuse ironie de la vie, il m'apprend que la tragédie s'abat une fois de plus sur lui. Une vie de chien, une vie d'humain. Ce type était depuis quelque temps en rémission. Je le croyais guéri, mais il est à nouveau gravement malade, atteint d'un cancer au cerveau. Il cherche à me confier la charge de son chien, car il sera bientôt hospitalisé. Il est possible qu'il ne survive pas à l'intervention. Malheureusement pour lui, je ne suis pas en mesure de m'occuper de son chien, nous prenons soin de nos petits-enfants ; du reste, j'ai d'autres projets, il est beaucoup trop tôt pour faire l'acquisition d'un nouveau chien, et je ne sais pas même si je serai prêt un jour à le faire.

Son chien avait été un des plus grands admirateurs de Max. Si la chose existait dans l'univers des chiens, son Buddy aurait été le président du fan-club de Max. Nous avions fait la rencontre du chien et du maître alors que son chien était encore un chiot. Le petit, qui allait devenir aussi costaud sinon plus que Max, avait été en quelque sorte initié par mon chien aux choses de la vie canine. Au début, dès qu'il voyait Max, il se couchait sur le flanc en signe de soumission. Longtemps, il perpétua ce comportement. Lorsqu'il devint adulte, il ne chercha pas à dominer Max et se montra toujours respectueux à son endroit. D'autres jeunes chiens adoptaient un comportement similaire avec Max. Je n'hésitais jamais à faire entrer Max dans l'aire d'exercice lorsque j'y voyais un chiot. Si le chiot appartenait à une race de grande taille, ou à une catégorie de chiens dont je redoutais la légendaire férocité, je préférais que les deux chiens soient mis en contact le plus tôt possible, afin que l'ordre hiérarchique soit établi dès le début. Mais cette façon de procéder ne fonctionnait pas à tout coup.

Un de mes beaux-frères avait fait l'acquisition d'un jeune mâle. Le chiot et Max devinrent vite familiers. Au départ, Max ne lui prêtait guère attention. Le chiot, par contre, se montrait fort intéressé. Il ne songeait qu'à s'amuser. Un chien âgé a d'autres chats à fouetter. Quoi qu'il en soit, les deux bêtes se voyaient régulièrement. Le chiot avec le temps devint un chien. Je conseillai de le faire castrer. On passa outre à mes recommandations. Mon chien sentant que son compagnon était un rival potentiel entreprit bientôt de le monter, ce qu'il parvint à faire et à refaire sans aucune forme de modération. Il l'embêta ainsi jusqu'au jour où son nouveau rival commença à manifester de l'agacement.

Ma théorie qui veut que la hiérarchie soit établie dans les plus brefs délais ne tenait pas la route. Don Rodrigue fit savoir à Don Gomès qu'aux âmes bien nées, la valeur n'attend point le nombre des années. Ce qui devait arriver arriva. Le cadet agressa l'aîné.

Un court combat opposa les deux bêtes. Aucune ne fut blessée. Il n'y eut à proprement parler ni vainqueur ni vaincu. Le jeune cependant avait fait connaître sa valeur. Le mien devenait vieux, je savais qui maintenant était le plus fort des deux. J'évitai par la suite toute nouvelle confrontation entre les deux bêtes.

Max vieillissait. Je conseillais aux maîtres des jeunes mâles que je croisais de les faire castrer. On devait me trouver curieux, donneur de leçons ou je ne sais quoi. En tout cas, en contradiction avec moi-même. J'expliquais la souffrance du chien, cette force intense qui ne lui laissait de répit qu'une fois terminée les interminables chaleurs des chiennes qui, souvent, se relayaient. L'accalmie tôt ou tard prenait fin, une autre chienne du quartier entamait ses chaleurs. J'expliquais la nervosité des mâles, leur perpétuelle méfiance à l'endroit des autres mâles, les provocations, les bravades, les batailles. Et je ne songeais pas même à évoquer le cancer des testicules contre lequel les vétérinaires nous mettent en garde. Qui sait, la maladie mortelle de Max a peut-être à voir avec le fait qu'il n'avait pas été castré dans son jeune âge.

Chose certaine, les batailles, lorsqu'elles survenaient, me faisaient toujours craindre le pire. Certains les préviennent en isolant leur chien. Dès la première querelle avec un autre chien, ils ont jugé que leur bonne bête, décidément, se transformait en monstre lorsqu'elle rencontrait un congénère. Combien de fois me suis-je fait dire, par un maître inquiet ou une maîtresse exagérément prudente, que le chien qu'ils promenaient était méchant. S'il s'agissait d'une femelle, je savais que Max ne lui ferait aucun mal et qu'il refuserait d'engager le combat. Du reste, son attitude le révélait à la femelle. Elle pouvait s'avancer vers lui, grogner, les babines retroussées, il détournait la tête et regardait ailleurs.

Je ne prenais cependant aucun risque avec les mâles, même les plus petits, surtout lorsque Max entama son déclin. J'avais appris ma leçon. J'étais sans doute devenu exagérément prudent moi aussi.

Un premier combat mémorable avait opposé Max à un mâtin de Naples. Nous fréquentions à l'occasion une aire d'exercice assez éloignée de la maison. Par un beau jour d'été, je fais descendre Max de la voiture et nous nous avançons dans la direction du parc canin. Au centre d'un large groupe de chiens, je vois trôner une immense bête, toute sombre et souveraine. Elle domine l'ensemble de ses sujets et semble fort paisible. Je me dis que si ce molosse fréquente un parc à chiens, c'est parce qu'il est dressé, doux et gentil. Bref, nous n'avons rien à craindre. Nous entrons dans l'aire d'exercice. Max s'avance et s'approche du groupe. Le géant le voit, Max voit le géant. Tout se passe alors en une fraction de seconde. D'un commun accord, les deux bêtes s'entendent immédiatement pour se déclarer la guerre. Les chiens foncent l'un sur l'autre, disparaissent dans un nuage de poussière, grognent, montrent les crocs, tentent de les refermer sur l'adversaire.

Qui a commencé ? Qui est le méchant ? Difficile à dire. Ce sont des chiens. Ils se battent. Après avoir séparé les deux chiens, on respire enfin. La maîtresse du mâtin accuse Max d'être une vilaine bête. Nous quittons les lieux.

Ce gros mâle était-il castré ? Je n'en sais rien. Il était le souverain, ce domaine était le sien. Il avait chassé l'intrus.

Je me souviens d'une autre bataille, elle aussi riche d'enseignements. Un de nos amis, rencontré dès le premier hiver de Max dans la cour de l'école des chiens, m'avait appris bien des choses en matière de chiens. Son golden n'était pas castré. Il m'avait expliqué pourquoi. Ses propos m'avaient paru pertinents et ils avaient influé sur ma décision. Selon lui, les chiens établissaient une hiérarchie de manière tout à fait naturelle, castrés ou non, ne s'entretuaient pas forcément, pouvaient vivre en paix. On devait les laisser régler eux-mêmes leurs différends. Son golden était la preuve vivante de ce qu'il avançait. Par exemple, lui et le père de Max se côtoyaient depuis toujours et ne s'étaient jamais battus. Je voyais à l'œuvre cette cordialité, j'en étais témoin. Max était un bon chien, je n'en doutais pas, il allait donc se comporter correctement.

J'avais offert à Max une friandise qui ne lui plaisait guère, une barre censée nettoyer les dents et protéger du tartre. Cette collation traînait depuis quelques jours dans le gazon devant chez nous. Mon ami et son chien traversèrent la rue et vinrent à notre rencontre. Comme Max n'appréciait pas son espèce d'os artificiel, je l'offris à mon ami afin qu'il le donne à son chien. Il eut le malheur de le lui offrir sur-le-champ, devant Max. Mon chien en fut offusqué. C'était sa friandise, pas celle de Bentley. Il attaqua. Le combat fut impressionnant. Mon ami, quelque peu téméraire, s'interposa. Au lieu de tirer son chien par les pattes arrière, il tenta de séparer les bêtes en portant la main à leur collier. Mal lui en prit, mon chien qui mordait l'air et sautait sur tout ce qui bougeait, lui mordit la main. Mon ami dut se rendre dans une clinique afin de se faire soigner. Je me rendis à la Société des alcools. J'y achetai un vin de qualité. L'ami à la main bandée le trouva excellent.

Lors de notre rencontre suivante, alors que je m'éloignais de lui et de son chien, l'ami me fit signe d'approcher. Il croyait que la chicane avait été circonstancielle, que nos chiens avaient passé l'éponge et qu'on pouvait maintenant considérer l'affaire close. J'étais rempli d'appréhension. J'acceptai cependant de lui faire confiance. Les deux chiens se comportèrent comme si jamais rien ne les avait opposés.

Depuis quelque temps, je n'entrais qu'avec précaution dans l'aire d'exercice. La plupart du temps, l'espace était vacant lorsque j'y menais Max. Un an avant qu'il ne meure, on pouvait voir souvent un homme âgé, très certainement un octogénaire, accompagné d'un immense jeune danois. Le chien était superbe. Il s'avançait avec bonhomie dans la direction de la clôture, venait à notre rencontre, alors que nous marchions de l'autre côté. Max ne faisait aucun cas de la présence du géant. Je saluais poliment le vieil homme. Je lui adressais brièvement la parole et le trouvais plutôt sympathique.

Des maîtres qui fréquentaient l'aire m'apprirent que c'était un Juif anglophone, que son chien s'appelait Marmaduke, qu'il avait récemment quitté sa femme, cette dernière se plaignant de ce qu'il accordât trop de temps à son chien ou qu'il le favorisât à son détriment.

Lorsque le monsieur arrivait avec son chien, je m'éclipsais. Bien entendu, il n'était pas question que Max et lui se retrouvent dans le même enclos. Si Max était en liberté, au moment où le bonhomme apparaissait dans sa voiture avec son dogue, j'attachais Max et poursuivais ma promenade sans entrer dans le parc à chiens. Ce drôle de couple me paraissait mal assorti : chien jeune, fort et immense versus monsieur âgé, quelque peu chancelant. L'homme devait me trouver timoré, voire ridicule. Mais je tenais à garder mes distances et je les gardai. Jusqu'au jour où arriva ce qui n'aurait jamais dû se produire.

Max et moi étions dans l'aire d'exercice avec quelques-uns de nos copains. Début d'automne, le temps était gris. Je vis soudain du coin de l'œil le vieillard qui arrivait avec son énorme danois. Comme je l'avais déjà fait quelques fois auparavant, je lui demandai de m'accorder un peu de temps, afin de nous laisser sortir, mon chien et moi. Il obtempéra tout en commentant mon comportement. Sourire aux lèvres, un brin goguenard, il me déclara que son chien était un bon chien. Oui, peut-être, fis-je observer, mais il n'est pas castré et le mien non plus. Ils vont se battre. Mais non, dit-il, c'est mal connaître les chiens si vous pensez que forcément un combat va s'engager à tous coups entre deux chiens non castrés. Son chien n'était pas bagarreur. Il me recommanda de lire des livres, laissant entendre par cette remarque qu'en matière canine, je n'y entendais goutte.

L'assurance du monsieur eut raison de mes appréhensions. Je me souvins des propos du maître de Bentley; j'y ajoutai un discours intérieur qu'il m'arrivait de me tenir, à savoir que j'exagérais peut-être, que je surprotégeais Max, que je l'empêchais de vivre sa vie de chien, etc. Oui, les chiens allaient se sentir; mais Marmaduke était un jeune chien enjoué, Max, un paisible vieillard, ils n'allaient pas forcément s'entredévorer.

Je laissai le chien et le maître entrer. Comme je l'avais prévu, les deux chiens se reniflèrent. Puis se séparèrent. Je détournai la tête pour dire un mot à un type qui était là. J'eus à peine le temps de proférer une parole, les cris et grognements des deux chiens déchirèrent l'atmosphère. À quelques pieds de moi, Max était sur le sol, entre les pattes du géant. Il se débattait. Je ne sais pas comment se termina le bref combat, mais dès que Max put se dégager, je l'appelai et le conduisis à l'extérieur. Heureusement, il était sain et sauf. Je fis quelques pas avec lui, mais bientôt mon regard fut attiré par le sang qui giclait de son oreille. J'examinai la blessure et découvris que l'oreille de Max avait été transpercée par les crocs du danois. Elle saignait abondamment. Je revins sur mes pas dans la direction de l'aire d'exercice. J'interpellai le vieillard. Sans animosité dans la voix, je lui annonçai que mon chien était blessé, que son chien lui avait mordu l'oreille et qu'elle était déchirée. J'ajoutai que je lui avais bien dit que nos chiens allaient se battre et, en guise de conclusion, je lui recommandai de lire de meilleurs livres. On ne le revit plus au parc. Je n'en ai voulu ni au vieillard ni à la bête. Le vieil homme est peut-être décédé depuis.

De retour à la maison, j'étais dans tous mes états. Ce fut le dernier combat de Max. Il l'avait perdu. Je soignai son oreille. Une amie de chiens, récemment arrivée au Québec, une Française, me donna quelques conseils. Elle était infirmière. Quelques semaines plus tard, la plaie s'était refermée. Lorsque je caressais cette oreille, mes doigts touchaient au léger relief croûté de la cicatrice.

La fin était imminente. Je l'ignorais. Nous allions chercher ma petite-fille ensemble à l'école. Max prenait place sur la banquette arrière. Depuis quelque temps, je devais l'aider à monter dans la voiture. Vers midi, la petite sortait. Peu d'enfants quittent l'école à l'heure du dîner. Nous l'attendions tranquillement en marchant. Il ne voulait pas trop s'éloigner. À la fin de l'après-midi, alors que les enfants sortent tous en même temps, un certain brouhaha règne dans les rangs, bien que les institutrices imposent une forme de discipline. Max m'accompagnait encore. Je garais la voiture dans une rue voisine. Il descendait avec moi et nous attendions la petite au milieu de tout ce beau monde. Max était calme. Certains enfants venaient le caresser. D'autres imitaient des aboiements. Ceci le fatiguait sûrement.

Un jour, je lui offre de monter dans la voiture. Il sait où nous allons. La routine est installée depuis quelques semaines. Nous arrivons et je stationne la voiture comme à l'accoutumée. Je le fais descendre. Nous commençons à marcher en direction de l'école. Au bout de quelques pas, il s'immobilise. Je devine qu'il ne veut pas se retrouver dans l'agitation de la fin des classes. Je le fais remonter dans la voiture.

Il ne m'accompagnera plus à la sortie des classes. Le lendemain, je le laisse à la maison. Après ce jour, on comptera très peu de lendemains.

Je me rends en voiture à l'épicerie. Dans le froid glacial de janvier, je vois les silhouettes d'un homme et de sa chienne. Je les reconnais. L'homme ne fait pas partie de mon groupe d'amis de chiens. Nous avons cependant échangé parfois quelques mots, des bonjours, des généralités.

À l'occasion, lorsque je le rencontrais, je déplorais que sa chienne et mon chien n'aient pu s'accoupler. La portée aurait compté de beaux spécimens. Nos bêtes se ressemblaient, la sienne portait une robe plus pâle, blonde, déjà blanchie sous le harnois. Plus petite de taille, plus fine de tête et de museau. Ces détails mis à part, on eût cru le frère et la sœur. Mais l'accouplement était impossible, la chienne étant stérilisée.

Bref, ce matin, je les vois. Je tente de baisser la glace, mais elle résiste, refusant de descendre. Le froid trop intense la maintient prisonnière. J'immobilise la voiture au milieu de la rue et ouvre ma portière. C'est pour annoncer le décès de mon chien. Il me demande de quoi il est mort. Je le lui dis. Le moteur de ma voiture tourne et il fait froid, je n'explique pas tout, je m'en tiens à la version abrégée. Le monsieur me demande quel âge avait mon chien, je dis qu'il avait onze ans. Je lui pose alors la même question, quel est l'âge de sa chienne ? Il m'apprend qu'elle a seize ans. Oh ! Je lui dis qu'il est un homme heureux.

Tout cela me laisse songeur. Souvent, pendant la journée, j'y repense. Mon chien aurait vraiment pu vivre plus longtemps, s'il n'avait été malade, si je ne l'avais pas fait euthanasier.

Plus tard dans la soirée, je réalise que j'avais tort. Max avait douze ans et non pas onze. Mon erreur venait sans doute de ce que, songeant à la longueur de sa vie, je ne tenais compte que du temps qu'il avait passé en notre compagnie.

Le lendemain, après le départ de nos petits-enfants, profitant de ce que le temps s'est légèrement adouci, je tente de renouer avec le grand air, avec le grand air de nos promenades d'antan. Toujours, après leur départ, venait le moment du chien. Nous sortions.

Je l'ai dit, je le redis : maintenant, je fais trois pas, et trouve le temps long. J'avance encore. Je m'efforce. Je tourne dans une allée, reviens sur mes pas. Je veux revenir à la maison, je suis mentalement fatigué. Je persiste tout de même. Je vais faire le tour du parc, un trajet d'environ un demi-kilomètre.

Je parviens à la hauteur du parc à chiens. Un monsieur d'un certain âge est dans le sas avec le sien, un collie de petite taille, pas miniature, mais presque. Je reconnais l'homme parce que j'ai reconnu le chien. Lui cependant ne me replace pas ; il faudrait pour ce faire que mon chien soit à mes côtés. Je lui adresse la parole, mais il ne sait toujours pas qui je suis, même si au fil des ans nous nous sommes vus et entretenus plus d'une centaine de fois. Il est vêtu pour affronter les froids polaires. Après tout, il ne s'agit peut-être ni de lui ni de son chien. Je finis par douter. Alors je lui demande si le chien est bien celui de Cora; Cora étant son épouse. Il répond par l'affirmative. Alors, je lui dis qu'on se connaît, j'explique qui est mon chien, il me replace. Je lui annonce la mort de Max. Il se dit attristé par la nouvelle. Il ajoute que Max était un bien bon chien : un chien obéissant.

Il a raison, Max était obéissant.

Puis, dans l'aire d'exercice, je reconnais une chienne, filiforme, élégante, une labrador blonde. J'interpelle l'adolescent qui l'accompagne. Il enlève ses écouteurs et se rapproche de la clôture. Il ne me reconnaît pas, je disparais sous mes vêtements d'hiver et, surtout, encore une fois, je ne suis pas avec mon chien. Et pour cause. Je lui demande s'il est le fils de la dame qui est infirmière. Je sais qu'il est son fils, mais c'est là mon entrée en matière. Je le prie d'annoncer à sa mère que mon chien est mort. Vous lui direz qu'elle m'avait donné des conseils pour le soigner lorsque mon chien s'était fait mordre l'oreille par un danois. Lui aussi se dit désolé d'apprendre la mort de mon chien.

Après le premier hiver à l'école des chiens, lorsque le premier véritable jour de printemps nous avait forcés à quitter nos tuques, chapeaux, foulards, épais manteaux et mitaines, nous étions tous étonnés de nous découvrir sous un jour nouveau. Nous avions tous, avec nos cheveux apparents et nos oreilles découvertes une tête nouvelle, un nouveau corps.

J'ai maintenant un nouveau corps. Si un chien vient à mourir, la silhouette de son maître esseulé sur le trottoir apparaît comme une aberration. J'en ai vu à quelques reprises des hommes et des femmes qui se promenaient seuls, sans leur chien, avec, à côté d'eux, l'évidente absence de leur chien. Ce manque finit par les renvoyer dans la foule anonyme des autres, des gens normaux qui n'ont pour marcher que leurs deux jambes et l'unique intention de se rendre du point A au point B.

Si nous nous étions aventurés tous les deux dans les bois, à travers l'immense forêt, en quête d'exploits divers, mon appareil photo dans une main, une bouteille d'eau dans l'autre, franchissant des ravins, escaladant des flancs escarpés, traversant des cours d'eau torrentiels ; si la pluie et la tempête soudain s'étaient abattues sur nos têtes, l'éclair foudroyant alors sous nos yeux le sapin centenaire ; si l'incendie nous avait encerclés de toutes parts, je me serais évanoui au milieu des flammes. Max, alors, m'aurait traîné jusqu'au bord de la rivière, m'aurait immergé dans son cours peu profond, afin de me protéger. Nous aurions tous les deux survécu grâce à son dévouement.

Ou bien, il n'y aurait pas eu de sinistre, mais, téméraire, j'aurais enjambé un précipice et, dans ma chute, ne me retenant d'une main qu'à une frêle racine, je serais parvenu de peine et de misère à remonter jusqu'au sommet de la falaise. Max, inquiet, qui n'aurait cessé de hurler durant tout ce temps, m'aurait accueilli avec joie. Mais, voyant que je ne serais parvenu qu'à grand-peine à me tenir sur mes jambes, et moi, constatant les fractures de mon tibia et de mon humérus, je lui aurais demandé d'aller chercher du secours : Maison ! Maison ! Maison ! Il aurait compris, serait parti en courant, portant à son collier un message rédigé sur un feuillet que j'aurais détaché d'un petit carnet. Il aurait parcouru vingt ou trente kilomètres, aurait retrouvé les miens avant la nuit. Ma femme m'aurait porté secours, auréolée d'une pleine lune, tandis qu'auraient hululé les hiboux de la forêt et rôdé autour de nous les loups et les chacals.

Une avalanche m'aurait-elle enseveli, il se serait transformé en Baril, chien des neiges. Il aurait creusé tant et si bien avec ses petites pattes que je pourrais aujourd'hui raconter ce souvenir sans trop passer pour un menteur. J'y apporterais force détails, souci de vraisemblance, épices diverses destinées à captiver un public émerveillé par le courage et l'intelligence des bêtes.

Pêchant au beau milieu du lac, la tempête tout à coup s'élevant, voici que chavire notre embarcation. Il me tient toujours compagnie, il tombe à l'eau avec moi. Je ne suis pas un excellent nageur, mais je nage encore moins bien lorsqu'en tombant d'une chaloupe, je heurte de la tête le rebord de l'embarcation. Comme je coule et suis entraîné au fond de l'eau par des truites affamées et vengeresses, Max m'agrippe par le collet et me remonte à la surface. Le vent de la tempête se lève, et la vague avec lui se gonfle, elle devient océanique. Je suis fétu de paille, mais le chien veille sur moi. Mon ange nage vers le rivage. Il me tient la tête hors de l'eau. Je finis par reprendre mes sens sur la berge. Les témoins de la scène m'entourent de leurs soins et me racontent, enthousiastes, le nouvel exploit de mon très féal compagnon. On érige en face de l'endroit où le drame s'est produit un monument en son honneur.

Je n'en finirais pas de raconter les aventures que nous n'avons jamais vécues. Elles inspireraient les cinéastes friands d'histoires vraies et émouvantes. Au box-office, on se précipiterait pour voir le clone de mon chien. Il faudra pour interpréter son rôle un chien croisé, moitié golden, moitié border collie, avec des oreilles pas trop longues et juste assez courtes. Avec une chaussette blanche sur sa patte droite ou était-ce la gauche. Un chien qui aurait des yeux qui vous vont droit au cœur.

Le fait est que je n'étais pas assez intelligent pour lui, tout à fait ignorant du potentiel immense de certaines bêtes, dont il était assurément. Il a eu l'intelligence de comprendre que, malgré mes lacunes, je pouvais faire l'affaire. Il n'exigeait pas la lune. Il ne voulait pas devenir un chien savant, un chien dont on exploite un savoir qui, en réalité, précède et excède celui qu'on tente de lui inculquer. Il savait l'essentiel. Il savait que je l'aimerais jusqu'à la fin, quitte à précipiter cette fin, ne serait-ce que pour lui éviter les affres de la vieillesse ou les séquelles d'une opération traumatisante. Enfin, il ne savait peut-être pas tout cela, mais pas un instant n'aura-t-il pu douter de mon amour.

Max était un chien adorable

Ma mère adorait notre chien. Il faisait partie de son quotidien. Elle faisait partie du nôtre, bien avant que Max ne soit dans le décor.

En début de carrière, en raison de la précarité de mon emploi, que je risquais de perdre à la fin de chaque session, ma mère, désireuse de nous venir en aide, proposa que nous emménagions dans le haut d'un duplex qui lui appartenait. Il s'agissait du duplex dans lequel mes frères et moi avions vécu la première partie de notre enfance.

À l'époque où je m'y suis installé avec ma jeune famille, ma mère vivait dans le *split-level* familial, en français, une maison à niveaux multiples. Mon père et elle n'habitaient plus ensemble depuis la mort de mon jeune frère. Maman y demeura seule pendant une douzaine d'années et ce, jusqu'à ce que mon père décide enfin de vendre la propriété. Suite à la crise économique du début des années quatre-vingt, des difficultés financières le forçaient à réduire son train de vie. Ma mère dut subir les contrecoups de la diète que cherchait à s'imposer mon père. Parmi les mesures qu'il mettait en œuvre, la vente de la maison allait lui permettre, croyait-il, de se renflouer. Ma mère s'opposa à cette décision, elle refusait qu'il dilapide ce qu'elle considérait être le patrimoine familial. Mon père tint son bout.

Si ma mémoire est bonne, ce serait ma mère qui aurait pris des dispositions légales et qui, finalement, aurait demandé le divorce. Quoi qu'il en soit, en cour, papa obtint gain de cause et ma mère dut se résoudre à quitter la maison où mes frères et moi avions vécu notre adolescence. Quitter la maison, en être chassée (j'adopte ici son point de vue), la plongea plus à fond dans la dépression. Je dis dépression, mais ma mère a toujours refusé d'admettre qu'elle était dépressive. Elle ne l'était peut-être pas, mais assurément, elle n'était pas heureuse. Si elle était ainsi attachée à sa maison, le *split*, c'était parce que plusieurs souvenirs s'y rattachaient. C'était la maison de son petit Coco, la maison de son petit dernier, celle où il avait vécu ses derniers jours, avant qu'une méningite l'emporte. C'était la maison où ma mère, le soir, en se mettant au lit, lui demandait tout doucement de venir se coucher à côté d'elle. C'était la maison de son petit fantôme.

Curieusement, mon père, qui avait donc quitté ma mère peu de temps après le décès de mon frère, s'adressait fort probablement dans les mêmes termes à son petit Coco à lui. Au moment de se coucher, lorsqu'il faisait sa prière du soir, sans doute invitait-il lui aussi mon petit frère à se coucher tout contre lui.

Il y a dans nos dialogues avec les morts une certaine forme de fantastique. À première vue, un jeune mort ne semblerait pas en mesure de se coucher simultanément entre les deux futurs cadavres de ses parents, surtout lorsque ceux-ci, habitant à peine la même planète, ne dorment plus dans le même lit. Pourtant, le tout petit mort se montre docile à de telles requêtes et se couche partout où, amoureusement, douloureusement, on l'invite à venir dormir.

Ma mère et mon père ne proféraient pas plus grande absurdité que moi lorsque, le soir, après avoir éteint ma lampe, je susurre à mon chien qui ne se couche plus au pied du lit : c'est un Dolce, c'est un Bonhommie, c'est un Massi-Massou.

La maison fut mise en vente. Un dénommé Labranche en devint propriétaire. Je n'avais connu cet homme ni d'Ève ni d'Adam, mais je le rencontrai quelque trente ans plus tard. C'était dans un parc à chiens. Il était le maître d'un golden. De fil en aiguille, nous avions découvert le lien qui nous unissait, la maison de mon adolescence devenue sienne.

Ma mère ne se retrouvait pas à la rue. Elle aurait pu s'installer n'importe où, mais elle revint dans son duplex, dans sa première maison, là où elle avait été jeune épouse et jeune mère. Nous habitions le haut du duplex depuis une dizaine d'années. Elle associa son retour dans ce modeste duplex à une forme de régression. Les pièces y étaient trop petites pour accueillir convenablement son mobilier. Elle étouffait sous ses plafonds trop bas. Malgré notre présence, distante, alors que notre proximité physique n'aurait pas pu être plus grande, ma mère, qui avait toujours été une solitaire, s'enfonça dans une solitude plus grande encore. Nos relations n'avaient pas toujours été des plus faciles, elles ne s'améliorèrent pas avec le temps.

L'arrivée de Max heureusement posa un certain baume sur les blessures de maman.

J'avais vu, lorsque j'étais très jeune, un film en noir et blanc, un film américain, dans lequel la protagoniste était une vieille femme déprimée, claustrée, quasi emmurée dans une grande maison dont les tentures étaient continuellement fermées, dont les stores étaient baissés en tout temps, dont les volets étaient irrémédiablement clos. Elle vivait là dans la solitude et l'obscurité les plus totales. Personne ne lui rendait visite et elle ne sortait jamais de son tombeau. Ce film avait agi sur moi comme une révélation. J'avais compris que ma mère était cette femme, j'allais dire cette folle, je corrige, cette pauvre mal-aimée.

Ce visage cinématographique de ma mère correspond à celui qu'elle nous offrait, même du vivant de mon petit frère. Ce n'est pas le décès de Jacques qui amorce son effondrement. Il faut remonter bien avant dans le temps pour découvrir les premières secousses qui l'annoncent. Ce voyage dans le temps, je ne veux ni ne peux l'entreprendre ici. Je remarque simplement que ce visage s'est, au plan moral, décomposé très rapidement par la suite. Le décès de l'enfant chéri, le départ du mari, qui depuis plusieurs années déjà n'était plus vraiment là, le divorce et la perte de sa maison précipitèrent sa chute. Le point de cette chute qui correspondait à la case départ de sa vie maritale et familiale, au rez-de-chaussée du duplex où elle retombait, n'arrangeait pas les choses.

Ce qui les aggrava considérablement, ce furent les maladies diverses dont elle fut bientôt affligée. Un cancer avancé des ovaires, d'abord. Et surtout, en fin de vie, de sévères difficultés respiratoires. L'histoire de maman qui s'est envolée en fumée se confond avec l'histoire de toutes les cigarettes qu'elle a fumées. Son obstination était remarquable, qui n'avait d'équivalent que le déni qu'elle opposait au diagnostic des médecins spécialistes. Jusqu'à la fin, elle réclama ses cigarettes et refusa d'admettre que ces dernières l'avaient rendue malade. MPOC, non, impossible ! Maladie pulmonaire obstructive chronique, assurément une fiction obsessionnelle du corps médical !

Je l'accompagnais à l'hôpital. Elle y séjournait souvent. Des crises aiguës la conduisaient à l'urgence. L'ambulance, une nuit, l'emporta. Maman finissait toujours par revenir. Son premier réflexe était alors de s'allumer une bonne cigarette. J'avais fini par refuser d'être son commissionnaire, je laissai à d'autres le rôle de complice. Je n'achetais plus ses cigarettes. L'asthme dont je souffrais moi-même m'incitait à fréquenter le moins possible son rez-de-chaussée. Elle tournait en ridicule mes précautions. Je n'étais pas fait fort, si une toute petite cigarette m'incommodait à ce point. Du reste, une toute petite cigarette incommodait également les autres membres de ma famille. Je l'incitais à cesser de fumer en faisant valoir les bienfaits qui en résulteraient.

Maman était à présent de plus en plus malade. En raison de son état, elle profitait de services offerts par le CLSC. Un médecin lui rendait fréquemment visite ; une infirmière, qu'elle appréciait, venait la voir toutes les semaines. Des dames venaient aussi lui donner le bain.

Je faisais ses courses depuis plusieurs années et, de manière générale, veillait sur elle. Notre présence la rassurait. Dans les dernières années qu'elle passa au rez-de-chaussée, ma femme lui prépara la plupart de ses repas. Ses frères et sœurs, des belles-sœurs, lui rendaient visite à l'occasion. Des neveux et des nièces parfois.

La plupart des sujets minés que j'évitais d'aborder avec ma mère concernaient mon père. Lorsqu'il mourut, les sujets minés le concernèrent encore, mais ils avaient trait surtout à sa veuve. Ma mère était jalouse. Elle ne pouvait tolérer qu'on lui fût déloyal. Il ne fallait pas grand-chose pour qu'elle décrète qu'on la trahissait. Pendant plus de vingt ans, il avait fallu lui mentir lorsque nous rendions visite à mon père. La folie de ma mère avait de quoi rendre fou.

Nous étions parfois exaspérés par ses scènes, à tel point que, pour ma part, il m'arrivait de franchement détester ma mère. C'est que, de manière machiavélique, elle me tendait des pièges, dans lesquels la plupart du temps je tombais et m'empêtrais. Je lui en voulais. Dans mes bons jours, je tentais de faire son éducation. Je me faisais professeur et petit moraliste à la gomme. J'étais alors moins pédant que franchement ignorant de la souffrance humaine.

Tous les soirs du dernier été qu'elle passa près de nous, je lui descendais ses repas, je devrais préciser, les délicieux repas que ma femme lui préparait.

Malheureusement, peut-être à cause de la cigarette, ma mère avait perdu depuis longtemps le sens du goût. Comme ces repas étaient plutôt bien présentés, sans raffinement excessif toutefois, ma mère y voyait presque un affront. À vrai dire, la cuisine n'avait jamais été son fort. De la même façon qu'elle considérait que les amateurs de vin étaient des snobs, puisqu'un vin doit d'abord et avant tout nous enivrer, le gourmet était un fat qui ignorait qu'on mange d'abord et uniquement pour se nourrir. Elle n'était pas du genre à célébrer la qualité des grains de café provenant des excréments de l'éléphant. Pourquoi se donner du trouble à moudre du café, à l'infuser, quand on trouve sur le marché du bon vieux café instantané ?

Bref, les belles assiettes que nous lui préparions, si elle les appréciait et savait dire merci, parfois, en son for intérieur et même extérieur, elle s'en offusquait puisqu'elles lui rappelaient que les siennes n'avaient jamais été aussi variées, aussi joliment garnies.

Je me souviens des moments que je passais avec elle lorsque je lui servais ses repas du soir. Max se couchait sur le plancher de la cuisine et attendait le moment de la promenade. Ma mère portait lentement la fourchette à sa bouche, puis, longuement, elle mâchait. Du temps passait, elle mastiquait encore et toujours la même bouchée, tentait péniblement de l'avaler. Puis, lasse et impuissante, elle ouvrait la bouche et tirait la langue, afin de me montrer la boule de nourriture qu'elle ne parvenait pas à ingérer. C'était une pâte qui ne passait pas dans son gosier.

La conversation était parfois pénible. Je ne tenais pas en place. Je voulais aller prendre l'air avec le chien. Ma mère me parlait de nos sujets minés préférés, se plaignait de l'un et de l'autre, m'adressait des reproches, déplorait ma conduite, menaçait de me déshériter.

Je sortais de chez elle exténué. Ces repas lents me vannaient. Oui, vraiment, il m'arrivait de songer que l'enfer, pour moi, ce serait de vivre pendant toute une éternité, enfermé avec ma mère dans sa cuisine, condamné à revivre en boucle toutes ces longues heures passées en sa compagnie.

Aujourd'hui, qu'elle n'est plus là et que je n'y suis presque plus moi-même, je donnerais beaucoup pour me retrouver à nouveau dans sa cuisine, en sa compagnie. Je lui descendrais un repas et ce ne serait peut-être pas le paradis, mais je lui répéterais encore et encore tout ce que je lui ai dit, lorsqu'elle s'est mise à glisser dans la nuit, déjà presque entièrement passée de l'autre côté. Le personnel soignant du CHSLD, probablement pour m'aider à vivre ce moment difficile, m'avait recommandé de lui parler, m'avait dit qu'elle entendait et me comprendrait peut-être. Voilà qui m'autorisait à dire à maman tous les mots que je n'avais jamais songé à lui dire.

Je lui dis de prendre son temps, que j'étais là, à ses côtés, que je serais toujours là. Que je reviendrais le lendemain, et encore le surlendemain à son chevet. Que je l'aimais beaucoup, qu'elle était ma petite maman chérie. Je pleurais en parlant. Des choses vraies, des sentiments enfouis reprenaient vie. Je lui ai parlé longuement, tendrement. En sortant de sa chambre, je remarquai du coin de l'œil un attroupement de préposées qui essuyaient leurs larmes.

Bien des années auparavant, quelque temps après Noël, ma mère avait décidé de conserver sa crèche, de ne pas la démonter immédiatement. Le printemps venu, la crèche était toujours là. Puis l'été, ensuite l'automne ; la crèche ne bougeait plus. Elle n'avait toujours pas remisé la crèche lorsqu'arrivèrent enfin le Noël suivant et la nouvelle année. Sa crèche, pendant presque dix ans, demeura au même endroit, sur le bahut dans sa salle à dîner.

Depuis que Max était parmi nous, j'allais souvent l'amuser dans le jardin. Parfois, à travers la fenêtre, j'apercevais ma mère devant sa crèche, en train de faire sa prière du soir. Lorsque le moment était venu d'éteindre la lampe qui illuminait la crèche, elle se recueillait, chancelante sur ses jambes, devant le petit Jésus, le bœuf et l'âne, Marie, Joseph, les rois mages, les bergers et leurs moutons.

J'étais à l'extérieur, par temps de canicule ou de grand froid, je l'observais. Je voyais dans le spectacle, qu'elle m'offrait à son insu, une forme de paganisme. La spiritualité chrétienne me semblait, somme toute, plutôt profane, qui s'incarnait dans une telle ménagerie.

En classe, autour de la Semaine Sainte, de l'Action de grâces ou à l'occasion du congé du temps des Fêtes, il m'arrivait de me montrer reconnaissant des bienfaits de la religion, bienfaits que je réduisais, non sans ironie, à ces congés. Pour me dédommager de cet humour facile et pour éviter de froisser ceux et celles qui, parmi les élèves, avaient la foi, j'ajoutais que j'admirais la proposition remarquable, magnifiquement insensée du christianisme. On raconte que Jésus aurait déclaré que nous devons nous aimer les uns les autres. Je n'en démords pas, cette idée, que lui prête la fable chrétienne, est sans doute la plus formidable, la plus improbable qui soit.

Maman aurait été plus heureuse si nous l'avions aimée davantage. Ses aspérités, ses duretés, ses méchancetés venaient sans doute de cette lacune fondamentale, de ce profond manque d'amour. Peu et mal aimée, elle avait adopté une posture existentielle, tordue comme un bonsaï. Cet arbre infirme qu'elle était, aux membres maladroits et incapables de toute étreinte chaleureuse, torturait ses proches et les tenait à distance.

Sa maladie s'aggravant, maman était de plus en plus souvent hospitalisée. Les séjours à l'hôpital lui procuraient du soulagement. Elle attribuait le mieux-être qui en résultait au soluté qu'on lui administrait par voie parentérale. La pochette de perfusion contenait une potion quasi miraculeuse. Seul le précieux liquide acheminé à partir de cette pochette parvenait à la remettre sur pied. C'était du moins ce qu'elle croyait. À proprement parler, il n'y avait là rien de moins qu'une idée fixe. Elle n'en démordait pas. Le soluté de la pochette de Baxter possédait des vertus magiques. Ce qui la rétablissait, lorsqu'elle séjournait dans les hôpitaux, c'était ce soluté, et ce soluté uniquement.

Si elle prenait du mieux, les médecins n'y étaient pour rien. Elle discréditait leur travail, puisque ces derniers soignaient chez elle une maladie dont elle n'était pas atteinte. Les médecins persistaient, en effet, à la traiter en pneumologie, alors que sa maladie se situait plutôt dans ses jambes. Elle avait de la difficulté à se tenir sur ses jambes. Les médecins lui expliquaient alors les ramifications de son mal ; elle ne les écoutait pas. Il faudra cesser de fumer, lui dit l'un d'eux. Vous respirerez plus facilement ; le sang se rendra enfin jusque dans vos jambes. Elle mit le doigt sur la grosse bedaine du docteur et lui fit observer, en souriant, qu'il fallait quant à lui qu'il se mette au régime.

Je tentais de lui faire entendre raison. Enfin, pourquoi utilisait-elle des pompes, des bronchodilatateurs, si elle n'avait aucun problème respiratoire ? Et pourquoi, d'abord, les médecins les lui prescrivaient-ils ?

Je tentais aussi de lui faire entendre raison sur un autre point. Celui des soins palliatifs. Elle les appréhendait plus que tout. Ma mère affirmait que, dès qu'on avait voulu arrêter de les soigner, on avait transféré aux soins palliatifs sa sœur Bérangère, sa cousine Hélène, et encore telle ou telle autre de ses connaissances. L'équation était simple, claire comme de l'eau de roche. Manière de théorie du complot jumelée à une théorie de l'usine d'extermination. Les enfants, les proches des malades, déclaraient à un moment donné qu'ils avaient des occupations. Ils ne pouvaient plus, ils ne voulaient plus passer tout leur temps à l'hôpital au chevet du malade. Alors, ils accordaient leur consentement, même ils exigeaient qu'on recourût à l'euthanasie. Je ne sais pas si ma mère employait ce mot, mais je sais que, dans son esprit, un malade qui traînait trop longtemps sur son grabat finissait invariablement par être mis à mort. On administrait de la morphine aux malades pour les faire mourir. Je répliquais que la morphine était plutôt utilisée pour atténuer les souffrances des malades, dans le but de les soulager. Elle était persuadée de ce qu'elle disait. Elle me suppliait de demeurer son allié : je devais la seconder sur ce point, elle ne devait en aucun cas être admise aux soins palliatifs.

Lors de son dernier été parmi nous, le peu de santé qui lui restait périclita. Les bons repas, les fruits frais et les légumes ne suffisaient pas. Elle n'en menait pas large. De son propre aveu, elle devait se faire soigner. Nuance ! Elle ne voulait pas se rendre à l'hôpital pour que les médecins recommencent à lui débiter des sottises. Elle réclamait uniquement sa fameuse solution. Une ou deux semaines de soluté feraient amplement l'affaire. Ensuite, elle reviendrait à la maison, ragaillardie. Bref, je devais la reconduire à l'hôpital.

On peut se rendre à l'urgence. Mais, si tu n'es pas malade, ils ne vont pas t'hospitaliser. Il faut que tu sois en crise, si tu veux qu'on te garde. Cesse de prendre tes pompes ; c'est le seul moyen, si tu veux être admise à l'hôpital.

Ma mère m'appela le lendemain matin. Elle était en crise. Nous devions de toute urgence nous rendre à l'hôpital Sacré-Cœur. La scène eut lieu à l'été 2007, quelques jours avant le début de la session d'automne. Comme à l'habitude, le stress de la rentrée opérait sur moi. Le départ précipité de ma mère ajoutait à mon anxiété.

Le départ de ma mère en cette fin du mois d'août se fit dans un décor de fin du monde. Au moment où je la menai à ma voiture, le ciel se mit à verser sur nos têtes une pluie diluvienne. Un vent violent se leva, le tonnerre se mit à gronder au milieu des éclairs. Les rues inondées semblaient des rivières, ma voiture, une barque. Les essuie-glaces balayaient en vain le pare-brise. Des torrents se formaient et s'engouffraient dans les caniveaux. Ma mère fut admise rapidement à l'urgence. On la soigna immédiatement. Sa crise était sérieuse.

Max n'est pas mon seul et unique petit mort. Ma mère, à la suite de cette hospitalisation et de ses longs séjours dans des centres de soins de longue durée, allait devenir ma toute petite fille. Si mon chien a droit à sa niche dorée, je veux bien accorder à ma pauvre mère une crèche tout aussi dorée, avec son petit Jésus, son âne, son bœuf, Marie, Joseph et tous les autres.

On n'en est pas immédiatement conscient, mais il arrive un moment où l'esprit d'une vieille personne commence à vaciller. L'entourage n'y voit d'abord que du feu, tant il est vrai que l'esprit de quiconque vacille à peu près tout le temps. Il n'y a pas d'âge pour dire et faire des niaiseries. Votre mère n'a fait que suivre une pente sur laquelle vous êtes déjà passablement engagé vous-même. En effet, il vous arrive de faire des lapsus ; de lire l'anagramme du mot imprimé sur la page plutôt que le mot lui-même ; d'additionner moins bien que ne le fait un élève du primaire ; de voir, là où vous regardez, autre chose que ce qui se trouve là où vous regardez. Parfois, vous dites même des méchancetés, tombez dans la médisance, passez d'un péché véniel à un autre, n'écoutez pas les gens lorsqu'ils vous adressent la parole, ressentez une émotion disproportionnée par rapport à ce qui la provoque, entrez dans une pièce sans vous souvenir de ce que vous y êtes venu faire. La liste est longue. La liste de nos petites folies est longue. Et tout le monde dans ce bas-monde rend à peu près tout le monde de plus en plus fou.

On déclare fous les gens bien avant qu'ils ne le deviennent. Cela s'est produit avec ma mère. Je la croyais folle depuis longtemps, elle ne l'était pas. Lorsqu'elle a commencé à vraiment dérailler, je ne m'en suis donc pas vraiment aperçu. Tout me semblait normal, puisque, comme à l'habitude, elle se comportait de manière anormale.

Je regrette vraiment de ne pas avoir tenu un compte exact de tout ce qui lui arriva à partir du moment où elle quitta sa maison. Si j'avais tenu un journal, si j'y avais consigné ses faits et gestes, ses mots surtout, je pourrais aujourd'hui prendre appui sur cette documentation. Il faut croire que j'étais trop accaparé par mon rôle de fils pour coucher par écrit nos mots et didascalies.

Maman s'était attendue à ce que l'hôpital l'alimente de son soluté, puis la renvoie chez elle. Mais voilà qu'elle était prise au piège. Les médecins jugeaient son état critique. Ils considéraient qu'elle devait être oxygénée en permanence. Je ne me souviens plus vraiment si, déjà à l'hôpital, on lui installa un appareil respiratoire ; mais à partir de son arrivée au centre de Pierrefonds, elle en fut affublée jusqu'à son dernier souffle.

Quoiqu'il en soit, dans les premiers jours à l'hôpital, ma mère sentit qu'elle était en train de perdre la partie. Dans un esprit de pure vengeance, elle décida de jouer un curieux jeu. Bizarrement, elle cessa de parler, se claustra, sembla pénétrer peu à peu dans l'antre de l'agonie. On la voyait s'y enfoncer et lentement disparaître.

Je vins à son chevet. La mort commençait à jeter sur son visage son masque de cire. Elle semblait absente, répondait à peine à mes questions, avec des monosyllabes. D'une voix presque éteinte, elle me demanda de l'eau. Je lui donnai à boire. Puis, alors que je lui parlais à voix basse, j'eus la maladresse de renverser sur elle le contenu de son verre. Un geste de la main avait heurté le verre posé sur la tablette mobile. La jaquette de maman et une partie de ses draps furent mouillées. La morte se redressa alors vivement sur sa couchette et me traita d'imbécile. Elle se leva et se rendit en toute hâte aux toilettes.

Elle venait tout bonnement de ressusciter.

Dans les jours qui suivirent, on m'informa de la suite des choses. Maman ne pourrait plus rentrer à la maison. En attendant qu'elle soit admise au CHSLD de Ville Saint-Laurent, elle serait accueillie par celui de Pierrefonds. J'eus la tâche délicate d'apprendre à maman ce qui maintenant l'attendait.

Le jour du transfert, j'arrivai à Pierrefonds un peu avant elle. On la fit descendre du véhicule dans lequel elle avait voyagé. Je vantai la beauté des lieux, les grands arbres, la rivière derrière, toute cette charmante campagne. Elle se renfrogna. Nous pénétrâmes dans l'établissement. On y faisait d'importants travaux de rénovation. Un certain chaos régnait dans le bâtiment. La fenêtre de la chambre de maman s'ouvrait sur un petit paysage champêtre qui aurait fait mes délices. Maman se plaignit de la laideur de la chambre, du fait qu'elle la partagerait avec une autre malade.

Je venais la voir une ou deux fois la semaine, ainsi que le samedi ou le dimanche. Je venais parfois, et le samedi et le dimanche. Max souvent m'accompagnait. Il restait dans la voiture. La visite terminée, je le faisais sortir et nous nous baladions dans les environs.

J'ai conservé pendant des années les messages téléphoniques que laissa maman sur notre répondeur durant cette période. Je les ai transférés récemment sur mon portable. Après son décès, il m'arrivait souvent de les réécouter. J'entendais, maintenant qu'elle était morte, tout ce qu'en les écoutant la première fois, je n'avais pas entendu. J'entendais non seulement sa détresse, mais tout ce que la sénilité avait ajouté à cette détresse. Je comprenais ce que je n'avais d'abord pas compris, à savoir que maman n'avait jamais été folle, à proprement parler, mais que ce que j'avais pris pour tel était en réalité la manifestation de la démence, une progressive détérioration de ses facultés mentales, les signes de la maladie d'Alzheimer.

Par exemple, des propos incendiaires, des injures, des impatiences énormes. Les préposées aux bénéficiaires ne savaient pas déplier correctement ses draps et couvertures. Elles les repliaient mal. Elles devaient recommencer. Maman les engueulait. Je tentais de les aider. Je me montrais encore plus maladroit. Maman m'insultait. Assise dans son fauteuil roulant, ses tubes respiratoires enfoncés dans le nez, elle amorçait le geste correcteur, puis renonçait d'épuisement devant l'ampleur de la tâche.

Elle eut des altercations avec les aides-soignantes. Elle frappa l'une d'elles.

Il se trouve que la majorité du personnel du centre était constitué de Noires. Un soir, sur le répondeur, elle laissa un message qui disait qu'elle venait d'être attaquée par les monstres du soir. Bien entendu, la métaphore visait une Noire. Métaphore d'autant plus pertinente, si je puis dire, qu'elle consistait à la fois en une hyperbole et un euphémisme. Hyperbole, dans la mesure où aucune des femmes qui s'occupaient d'elle n'était horrible, physiquement défigurée, ou ne lui infligeait de monstrueux sévices. Euphémisme, puisque « monstres du soir » se substituait au méchant mot de négresse, tout en ayant l'avantage de suggérer, avec la nuit du soir et l'accentuation de la rime, la couleur de la peau de ces femmes.

Le cauchemar de maman à Pierrefonds prit fin en mars de l'année 2010. C'est à cette époque qu'elle arriva à Ville Saint-Laurent, pour y entreprendre son deuxième cauchemar, à peu près identique au premier.

La parenthèse maternelle, que je ne referme pas immédiatement, répond peut-être à une injonction toute simple. En faisant ainsi émerger maman de son néant, je retarde le moment où, mettant un terme à cette *École des chiens*, je précipiterai Max davantage dans le sien.

Maman a aimé mon chien. Après en avoir été séparée durant une demi-année, elle put enfin le retrouver au CHSLD de Ville Saint-Laurent. À plusieurs reprises, Max m'accompagna au chevet de maman.

Lorsqu'il arrivait dans le hall du centre, une dame charmante s'empressait de lui faire des câlins. Cette femme travaillait à la réception. Elle contrôlait le trafic, les arrivées et les départs des visiteurs. Nous devions inscrire notre nom dans un registre. Je n'y écrivais pas celui du chien.

Je conversais fréquemment avec cette dame. J'appréciais son sourire et sa gentillesse. Elle riait de mes blagues. Sa bonne humeur ajoutait un peu de joie à ma fatigue sentimentale.

Max montait avec moi dans l'ascenseur. En en sortant, nous nous trouvions dans la salle commune. Des vieux et des vieilles étaient rivés à leur fauteuil. Certains jouaient aux cartes. D'autres, plus nombreux, bien qu'ils fussent assis autour d'une même table, demeuraient seuls avec eux-mêmes, les yeux perdus dans le brouillard, comme si l'éternité avait déjà commencé à les enfoncer dans les gouffres de son immobilité. Chaque fois, lorsque la porte s'ouvrait, c'était pour moi une sorte de choc. Je sortais de l'ascenseur et devais maintenant frôler, en passant, le tranquille cauchemar de ces pauvres malheureux ; je devais traverser la salle de leur lente torture. Tout se passait pour eux comme si on leur avait jeté le pire des sorts que puisse connaître un mortel.

Maman ne côtoyait pas ces grands malades qui mouraient, tout comme elle, bien avant d'avoir foulé le sol des Enfers. Elle entrevoyait certains d'entre eux, lorsqu'ils passaient dans l'embrasure de sa porte. C'est qu'on avait fini par la clouer définitivement à son lit de mort. Je le dis sans reprocher quoi que ce soit à qui que ce soit. C'était comme ça. Sa condition lui interdisait des déplacements quotidiens. Sortir de son lit était au-dessus de ses forces, même avec l'assistance du personnel. Il lui était donc impossible d'aller manger ses repas dans la salle commune, de participer aux activités de groupes, d'assister aux petits spectacles de chansons qu'offraient, sans doute bénévolement, quelques artistes de passage.

Elle passait ses grandes journées toute seule dans sa chambre.

Le premier printemps prit fin. Maman qui était maintenant continuellement en sueur, dont le dos en toute saison ruisselait, endurait difficilement les chaleurs de l'été, encore moins celles de la canicule. Je fis installer un climatiseur dans sa chambre.

Maintenant qu'elle résidait à moins d'un kilomètre de chez moi, je venais la voir tous les jours. Elle passait son temps à m'attendre. Elle regardait le téléviseur. Je ne dis pas la télévision, car les images qui animaient l'écran ne parvenaient à son esprit qu'avec une certaine opacité. Comme elle était de plus en plus sourde, les récits télévisuels lui échappaient. Elle voyait toutefois sur l'écran le poisson ou l'oiseau, mais leur aventure ou le discours qu'on tenait sur eux se confondaient avec son propre monologue intérieur. Elle avait toujours vu la veille un match de tennis pourtant inédit, alors qu'on le présentait en direct. Le différé, pour elle, se déroulait continuellement en temps réel. Elle se plaignait de ne pas avoir encore mangé. Lorsque je lui faisais remarquer les assiettes à moitié vides dans son plateau, là, juste sous ses yeux, elle regardait longuement, silencieusement, avec l'étonnement de celle qui avait été convaincue de dire vrai, mais qui maintenant doit se rendre à l'évidence. Son monde basculait dans l'absurde et l'incohérence.

Venait le moment où je nettoyais son dentier. J'étais le seul habilité à le faire. Elle interdisait au personnel, qui aurait pourtant pu s'acquitter de cette tâche, de manipuler son dentier. J'avais acquis l'expérience de la chose depuis de nombreuses années. D'abord avec dédain, puis par devoir et, finalement, avec une dose croissante d'amour. Je lui tendais le contenant de plastique prévu à cet effet, elle y déposait ses dents. Je me rendais au lavabo, ouvrais le sachet de cristaux nettoyants, le versais dans l'eau.

Une ébullition y produisait une mousse effervescente. Au bout de quelques minutes, après rinçage, le dentier pouvait être remis en bouche.

Vers la fin de sa vie, un soir, alors que je lui tourne le dos, m'affairant encore au lavabo, maman, à qui je viens tout juste de remettre sa prothèse, fait entendre un appel désespéré, une sorte de marmonnement sourd. Je me retourne. Elle est agitée. Je ne comprends pas ce qui lui arrive. Ses yeux sont ronds. Ils expriment une question, un étonnement, une impuissance. Elle est victime d'une aberration. Il se passe quelque chose qui est au-dessus de son entendement. Elle me fait signe de regarder sa bouche. Il y a là quelque chose qui cloche. Son dentier ne veut plus rentrer, prendre correctement sa place dans son palais. Sa bouche ne peut se refermer complètement sur lui. Je lui demande d'ouvrir la bouche davantage. Je constate alors qu'elle a remis son dentier à l'envers. Il y a là quelque chose de grotesque, de franchement pathétique, de triste à mourir. Ma petite maman retombe en enfance. Elle devient de plus en plus ma toute petite fille.

Un soir, j'arrive au centre. Monte dans l'ascenseur. Je n'ai pas fait trois pas dans la salle commune que la chef de section ou infirmière responsable, j'ignore son titre exact, m'annonce, ou plutôt dénonce la rébellion de ma mère, sa totale insoumission. Depuis le matin, on tente de changer sa couche, maintenant lourde et pleine d'urine. Maman ne sent pas bon. Elle refuse obstinément qu'on l'approche et qu'on procède à sa toilette.

J'entre dans sa chambre. Il faut user de diplomatie. Son Dieu me porte alors assistance. Il est mon souffleur. Il me met les mots à la bouche dans la mesure où je m'inspire de son fils en croix, de son fils crucifié. Je dis à maman qu'elle est comme Jésus, qu'elle souffre. Comme lui, elle est toute nue. Elle porte une simple jaquette. J'introduis un thème qu'elle aborde souvent avec moi, celui de sa nudité, qu'elle déplore. En effet, elle se plaint souvent d'avoir été dépouillée de tout, de n'avoir que cette petite jaquette bleue, d'être toute nue. Bref, il y a entre elle et Jésus ce point commun : ils souffrent tous les deux. Depuis des mois, elle est condamnée à l'immobilité. Lui, tout comme elle, ne bouge plus de son crucifix. Je lui montre le crucifix dans sa chambre. Je lui dis que Jésus la regarde et qu'il a pitié d'elle. Il a souffert pour l'humanité. Et toi, aujourd'hui, tu dois souffrir comme lui, sans te plaindre, sans faire de tort à personne. Les gens qui te soignent ici, il faut que tu agisses avec eux en te comportant comme Jésus le ferait. Sois aimable comme le Seigneur le fut avec ses tortionnaires. Aime ton prochain. Laisse gentiment les infirmières changer ta couche et faire ta toilette.

Ce discours démagogique dura au moins vingt minutes, peut-être une demi-heure. Il produisit sur elle le plus grand effet. Elle devint toute calme, comme une enfant d'école qu'on a réprimandée et qui promet de s'amender. On put enfin la laver et lui passer une nouvelle jaquette.

Noël arriva. Il y avait plus d'un an que maman avait quitté la maison. Depuis son départ, le rez-de-chaussée était demeuré en l'état. Personne n'y habitait. J'y faisais régulièrement des inspections, mais rien de plus. En fait, si maman y était revenue, elle aurait retrouvé chaque chose à sa place, même ses cigarettes, plus ou moins dissimulées par elle sur une chaise de cuisine poussée sous la table. La crèche familiale, celle de ma petite enfance, sans doute réalisée par mon grand-père menuisier, le père de mon père, se trouvait toujours dans la salle à dîner. Pendant tout ce temps, l'enfant Jésus avait dormi dans son berceau. L'âne et le bœuf l'avaient tenu au chaud. Marie et Joseph y attendaient eux aussi le retour de maman. Je songeai que si maman ne pouvait revenir à eux, certaines de ces figurines pouvaient facilement aller la retrouver au centre. J'apportai donc l'âne et le bœuf, l'enfant Jésus, Joseph et Marie, sans doute un ou deux rois mages. Maman fut enchantée de les retrouver. Je les installai sur le rebord de la fenêtre. Souvent, elle me demandait de les lui montrer. Elle les contemplait longuement et me demandait lequel je préférais.

J'avais aussi collé sur les murs de sa chambre deux grandes photographies de ma petite-fille. En fait, des numérisations, format 8 et demi sur 11. Presque à chaque visite, elle me demandait quelle petite fille était la plus jolie. Dans son esprit, il ne s'agissait pas uniquement de deux photos, mais de deux petites filles différentes. Je la corrigeais, mais le lendemain, il y avait encore deux petites filles dans sa chambre et elle craignait bien de froisser celle du mur d'en face, puisqu'elle lui préférait l'autre.

Lors d'une visite, alors que je lui demandais de me raconter un peu sa journée, elle me montra le mur d'en face et se mit à promener son bras en l'air, m'indiquant du bout du doigt le chemin qu'elle avait parcouru lors de sa promenade avec Jésus. Durant une grande partie de l'après-midi, elle avait marché avec Jésus dans cette espèce de jardin qui se trouvait quelque part sur le mur, le mur de sa rêverie. Ils avaient marché main dans la main. Puis, inquiète, me regardant droit dans les yeux, fronçant les sourcils, elle avait vérifié auprès de moi si c'était correct : main dans la main, c'est pas cochon, hein ! C'est correct ? Main dans la main ?

Les chambres au centre d'hébergement étaient occupées par une seule personne, mais les cabinets d'aisances situés entre elles étaient partagés. La voisine de maman entrait dans la chambre de maman et l'observait longuement, souvent sans rien dire. La plupart du temps, si elle ouvrait la bouche, c'était pour demander si nous n'avions pas vu Nicole. Sa fille Nicole devait venir la chercher pour aller au chalet. Quand je la croisais dans le corridor, elle me saluait toujours, même si elle l'avait fait cinq minutes plus tôt. Invariablement, elle me demandait si je n'avais pas vu Nicole.

Il y avait aussi l'ancien curé. Je passe un jour devant sa chambre. Deux aidantes s'affairent auprès de lui. Il pleure. Il a fait pipi dans son lit, ou quelque chose du genre. Il déplore sa situation. Je suis tout nu, je suis tout nu.

Il n'était même plus un vieux curé. Il n'était maintenant qu'un homme nu, tout nu, un pauvre vieillard, un vierge offensé se faisant tripoter par deux jeunes femmes qui lui lavaient les parties intimes. Peut-être avait-il souillé ses draps autrement qu'en urinant.

Je n'ai pas dit non plus que maman conservait précieusement tous les petits papiers qui détaillaient le contenu de ses repas. Des liasses de menus réunis par des élastiques. Si je suggérais qu'on pouvait les mettre à la poubelle, elle me fusillait du regard.

Puis venait le moment du départ. Si Max m'avait accompagné, nous faisions le tour du bâtiment, en nous attardant longuement dans ses jardins. À l'arrière, on avait aménagé un petit sentier, je devrais dire un trottoir dessinant un tout petit carré. De grands arbres y faisaient de l'ombre. Souvent, je laissais ma voiture dans le stationnement et offrais à Max une promenade plus longue. Nous nous rendions jusqu'à un petit parc situé à proximité, puis nous revenions sur nos pas.

Une année à lui rendre visite. À la fin, ce n'était pas comme l'enfer de sa cuisine, alors que je me plaignais de ses questions et des principaux sujets minés qu'elle remettait invariablement, sempiternellement sur le tapis. Non, à la fin, tous ces moments passés en sa compagnie m'ont permis de l'aimer véritablement et de la laisser enfin mourir en paix.

À l'époque, lorsque la maîtresse de Shadow nous confia la responsabilité du petit Pilou, elle évoqua des documents qui étaient en sa possession. Il s'agissait d'un certificat émis par l'éleveur, attestant de la pureté de la généalogie de son golden. Le pedigree de Shadow ne m'intéressait pas vraiment. Je ne tenais pas à en prendre connaissance. Je savais que le petit Pilou ne provenait pas d'une usine à chiots, j'expliquai que cela me suffisait. Néanmoins, ma cousine me raconta une ou deux anecdotes.

Il y a quelque temps, alors que je tentais de renouer avec les vertus de la marche, je croisai ma cousine en promenade avec sa chienne. Un an ou deux après la mort de Shadow, elle avait fait l'acquisition d'une chienne. Bref, je promenais mon âme en peine autour du parc. Pour m'amuser, pour me consoler, ma cousine me rappela brièvement l'histoire d'un des ancêtres de Max. Je me souvenais vaguement d'un chien qui s'était illustré lors de la Première Guerre mondiale, mais c'était tout. Elle offrit de me remettre bientôt un document qui racontait les exploits de l'aïeul.

J'ai présentement sous les yeux ce document. J'imagine que les éleveurs en offrent une copie à tous ceux qui se portent acquéreurs de leurs goldens. Ces feuillets sont rédigés en anglais, y compris les extraits du récit du caporal Paulhan, un guerrier appliqué, s'il en fut. Une traduction approximative de ces extraits les a fait passer du français à l'anglais. Ci-dessous, je fais subir à cette traduction le même passage, en sens inverse, cette fois.

On apprend dans ce document qu'en Grande-Bretagne, avant la Première Guerre mondiale, le major James Maxwell Richardson dressait des chiens de façon remarquable. Les résultats qu'il obtenait montraient que des chiens pouvaient accomplir avec efficacité des tâches militaires. Les siens les exécutaient si bien qu'on accepta la proposition du dresseur de les intégrer dans l'armée britannique. Il avait dressé entre autres des estafettes et des chiens de liaison. Ces derniers reliaient deux postes l'un à l'autre durant les combats. Ils portaient des indications, des demandes de renfort ou de secours. Les messages étaient insérés dans des colliers creux. Les chiens devaient surmonter de nombreuses difficultés, résoudre divers problèmes. Par exemple, il leur fallait parvenir à franchir de hautes palissades, passer des cours d'eau à la nage. Durant la guerre, on les chargea également d'apporter du tabac aux soldats de la ligne de front.

Les chiens de chasse avaient été testés, mais on ne les avait pas retenus, car leur instinct les poussait à suivre les traces d'un gibier au détriment de leur mission. Un chien nommé Jack fit cependant exception à cette règle. Il était âgé d'environ quatre ans. Nous sommes alors au tout début de la création de la race des goldens. Ce chien était l'un de ses tout premiers représentants. Avant qu'on ne le confie au caporal Paulhan, Jack avait laissé en Grande-Bretagne quelques descendants. C'est ici que l'affaire commençait à m'intéresser particulièrement, car le sang de ce Jack coulait dans les veines de Shadow et, conséquemment, dans celles de mon propre chien.

Jack se montra apte à travailler avec autant d'efficacité que les airedales terriers, les meilleurs chiens militaires, avant que les bergers allemands ne les éclipsent. Comme tous les autres chiens de guerre, il passait de longues heures avec un masque sur le museau, de manière à contrer les effets des gaz asphyxiants. Il pouvait parcourir cinq kilomètres en moins de douze minutes sous les bombardements. Il était sans crainte sous le feu.

Une nuit, quelques soldats français, chargés d'une mission périlleuse, s'approchèrent des lignes allemandes. L'un d'eux tomba en route, grièvement blessé. Il fallait à tout prix le secourir. Dans la tranchée, Paulhan attacha une gourde au cou de Jack. Le chien courut droit au blessé. Revenu à l'intérieur de ses lignes, Jack entreprit bientôt un second voyage : il porta cette fois quelques vivres, qui réconfortèrent l'éclopé.

Récit du caporal Marcel Paulhan (extraits)

Dans le secteur d'Aspasch-le-Haut. Le sol est humide. Les tranchées ne sont pas profondes. Elles sont envahies d'eau. Les sentinelles sont éloignées les unes des autres. Le secteur est tranquille et propice aux coups de main : de part et d'autre, chacun tente de capturer les sentinelles. Pour protéger les hommes de garde, l'armée a fait dresser des chiens, les uns pour la garde, d'autres pour l'attaque. Quant à moi, je fus désigné pour prendre possession d'un chien de liaison. C'était un chien qui s'appelait Jack. Il avait beau ne pas être un chien de garde, lorsqu'une patrouille ennemie s'aventurait sur le terrain, ses oreilles se dressaient et il me regardait droit dans les yeux. C'était le signe. J'avertissais le chef de poste qui mettait tout le monde sur le qui-vive. On envoyait des fusées éclairantes. L'ennemi voyant qu'il était démasqué retournait d'où il était venu.

Au village de Vauthiermont. Nous avions pour affectation de creuser des tranchées et de poser des fils barbelés. Nous y allons de jour. Je suis toujours accompagné de Jack. Nous marchons en colonnes sur la route. Nous sommes sans doute repérés et l'artillerie ennemie nous tire dessus.

Il n'y avait pas de tranchée à proximité. Il n'y avait que les fossés de la route, qui n'étaient pas assez profonds. Nous ne pouvions nous abriter nulle part. La séance dura environ quinze minutes. Une éternité. Il y eut pas mal de blessés. Avec l'accalmie, j'ai enfin pu rédiger un message. J'ai détaché la laisse de mon chien. Il est parvenu à regagner l'état-major. Grâce à lui, nous avons enfin obtenu du secours.

Par la suite, quelque trois cents soldats d'une garnison sont isolés par les forces allemandes. Ils sont affamés, n'ont plus de munitions. Leurs derniers pigeons voyageurs ont été tués. Les officiers de l'état-major me demandent de leur envoyer Jack. Le chien parcourt plus de trois kilomètres. Il livre son message et apporte deux pigeons dans des paniers posés sur ses flancs.

Un autre jour, il est grièvement blessé par un éclat d'obus. Il s'affaisse à quelques pas de la tranchée. Je commets l'imprudence de me porter à son secours sous les feux ininterrompus de l'ennemi. On me réprimande, on le soigne. Quelques semaines plus tard, Jack entre à nouveau en fonction.

Nous sommes finalement en décembre. Une tempête de neige nous impose un moment de répit. Il faut pourtant demeurer vigilant. Le silence règne sur le champ de bataille. On dirait que les Allemands se recueillent, ce sera bientôt Noël. On confie à mon chien une nouvelle mission. Jack part à toute allure. La neige gagne en intensité. On n'y voit rien. Du temps passe. Beaucoup de temps. Le chien atteint tout de même le but, il délivre son message. On le charge d'une réponse. Il revient, franchit les obstacles, va de tranchée en tranchée, de trou d'obus en trou d'obus, traverse les réseaux de barbelés.

Je l'attends avec anxiété. La neige fouette mon visage, le vent est glacial. Mes yeux se plissent ; je redouble d'efforts afin de traverser du regard l'opacité qui fait un mur entre moi et mon chien qui tarde à venir. Soudain, j'entends le sifflement d'une balle allemande au-dessus de ma tête. Quelques secondes s'écoulent. Enfin, je vois, je crois voir, je vois vraiment, oui je crois voir mon chien blanc dans le blanc de la neige ; je vois sa silhouette qui approche, apparaît, disparaît. Il est là, puis le blanc de la neige, qui s'intensifie, l'efface à nouveau de ma vue. Mais cette fois, c'est bien lui ; je distingue maintenant ses deux yeux noirs à travers les grains blancs de la neige. Il arrive, il est presque là. De petit qu'il était, il est maintenant tout entier devant moi, à quelques mètres à peine.

Soudain, un autre coup de feu retentit. Une balle le frappe. Jack tombe et s'immobilise. D'interminables secondes s'écoulent. Puis, le courageux animal, comme s'il était conscient de l'importance de sa mission, se relève. Il ne veut peut-être pas mourir sans l'avoir accomplie. Il me voit. Je l'appelle. Il semble me sourire. Il se traîne péniblement jusqu'à la tranchée. Lorsqu'il y parvient, je le saisis par le collier et l'attire jusqu'à moi. Il saigne abondamment. Je prends possession du pli dont il est porteur et le remets à l'officier.

Puis, j'examine Jack. Il est si faible. Il perd beaucoup de sang. Il est assis devant moi, mais je sens qu'il va bientôt s'affaisser. Je lui demande de se coucher. Je l'aide à s'étendre sur le sol. Je me penche sur lui et prononce tout doucement quelques paroles de réconfort. Je murmure son nom à voix basse. Je plonge mes narines dans le creux de son oreille. Je respire tout son petit être qui s'en va. Et je l'embrasse. Alors, dans le silence de la nuit maintenant absolu, rouvrant ses yeux pleins d'ombre, exténué, Jack me regarde une dernière fois. Il semble dire adieu.

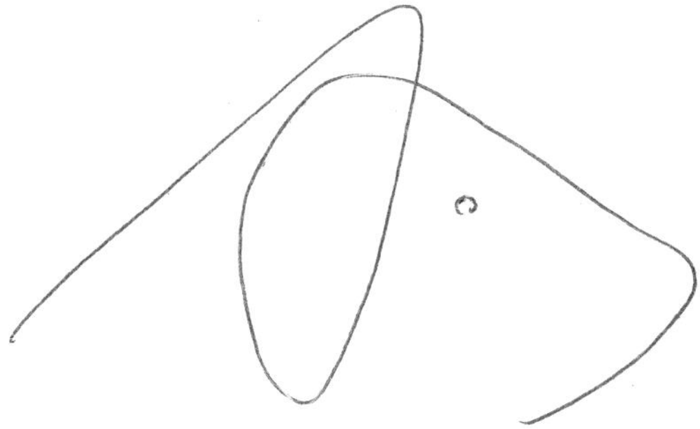

Trois mois après le décès de Max, je fais ce rêve. Nous marchons dans le parc. Nous prenons la direction de l'aire d'exercice. Comme à l'habitude, j'examine les alentours, redoutant l'arrivée intempestive d'un second Marmaduke ou de tout autre jeune mâle désireux de se faire valoir. Enfin un homme et un tel mâle avancent vers nous. Ils sont assez éloignés. Nous sommes dans l'aire, je veux en sortir avant qu'ils n'arrivent. Mais le maître et le chien n'entrent pas. Ils passent tout droit et font le tour de l'aire. Max monte la pente escarpée pour se rendre à la clôture et aboyer dans leur direction. Dans la réalité, il n'y a pas de pente. Elle est d'une hauteur d'environ deux mètres dans le rêve. Max, après avoir salué les marcheurs, redescend vers moi. Mais une étendue d'eau maintenant nous sépare, c'est un bassin profond, quoique de petite dimension. Pour me rejoindre, il doit le traverser. Il y plonge tête première, comme plongent les humains et non les chiens. Il disparaît longuement sous l'eau. Je suis au comble de l'inquiétude. Il finit par remonter à la surface, mais le temps est froid, nous sommes en automne. Je crains qu'il ne tombe malade.

Je faisais souvent des cauchemars. Max s'aventurait dans des sortes de dédales, il s'éloignait dans la forêt, je le perdais de vue. De gros chiens rôdaient autour de lui. Il allait engager le combat et se faire blesser. Il tombait du haut d'une falaise, des choses du genre. Beaucoup et souvent, de très mauvais rêves ; je craignais le pire, et dans ces rêves, mes pires appréhensions se réalisaient toujours.

Notes

Il n'y a rien de plus seul que l'enfant enfermé dans le corps de l'adulte qu'il est devenu, rien de plus seul que cet adulte maintenant prisonnier du corps social. Il a beau être entouré, il a beau aimer, et être aimé ; il a beau vivre une vie bien remplie et n'être que très rarement en présence de son chien, c'est surtout la part d'enfance en lui qui le rattache à ce dernier. Pour cette raison, faire du moribond de notre dernier chapitre un être seul. Cette solitude concrète symbolisera la solitude intérieure des maîtres de chiens.

Dans notre roman, le chiot aurait eu peur de son maître. Cela nous est arrivé à Max et à moi. À ce moment, j'étais inconscient de ce qui était en train de se produire dans sa petite tête. Je rentrais dans la maison, revenant du balcon, à l'étage. Je le fixai des yeux, mais c'étaient des yeux qui ne cherchaient pas même à le regarder ; j'étais tout simplement dans la lune. Alors, lui qui émergeait de derrière le canapé, qui cherchait à revenir dans le milieu du salon, a eu terriblement peur de moi, peur du regard qui, bien malgré moi, semblait le transpercer. Tout son petit corps a exprimé cette crainte, cette soumission. Il s'est comme recroquevillé, puis s'est tassé sur le côté, comme s'il tentait de fuir, d'échapper à mon regard.

Je fus encore plus étonné que lui par sa réaction. J'eus moi-même un peu peur, son mouvement me sortant brusquement de ma rêverie. Vite, j'évaluai la situation. Ayant compris notre méprise, je cherchai immédiatement à le rassurer. Je l'appelai doucement. Le jeune Max vint. Comment avait-il pu, ne serait-ce que pendant une fraction de seconde, douter de moi, de mes bonnes dispositions à son endroit ? Il avait au moins l'excuse de la nouveauté, nos liens étant alors relativement récents. Il était jeune. Nous n'avions pas encore vécu douze ans ensemble. Comment avait-il pu se sentir menacé, comme si j'avais pu ou voulu lui faire du mal de quelque manière que ce fût.

Mais de telles anecdotes ne suffisent pas. Le lecteur voudra une histoire en bonne et due forme, pas uniquement composée de scènes insignifiantes et ponctuelles, que rien ne relie en dehors de l'affection que le maître éprouve pour son chien.

Il faut une action. Des personnages. Mais en réalité, il n'y a que le chien et son maître. D'abord, toujours le maître, et toujours il est sans chien. Ensuite, arrive le chien. Le maître peut mourir avant le chien, mais ce serait alors un tout autre roman. L'histoire que je veux raconter fonctionne comme j'ai dit : d'abord, il y a le maître. Même si le maître n'est pas seul, c'est la part en lui qui est seule, c'est-à-dire l'enfance, qui accueillera le chien. Tant que dure la liaison du maître et du chien, le maître accueille en lui-même la résurgence de l'enfance. Il a beau dresser la bête, il a beau en être le maître, la bête lui offre en retour la possibilité d'accéder à une forme de liberté, qui est celle de l'enfance retrouvée, une liberté qui équivaut à une sorte de redécouverte des vertus de la solitude. Car, en compagnie de son chien, le maître est enfin seul avec lui-même. Il peut laisser la pluie pleuvoir sur lui, il peut s'immobiliser au milieu de la nuit, il peut ne rien faire du tout, ce rien est celui de la rêverie et sa rêverie a un sens, elle possède une utilité, un alibi, une raison d'être : il est nulle part au milieu de nulle part, parce qu'il est là, avec le chien qui doit sortir, qui doit marcher, qui doit renifler le bas des troncs d'arbres, des lampadaires et des poteaux de téléphone. Avec le chien qui pisse partout et à tout bout de champ. Le maître vit la poésie canine, il s'enferme dans cette poésie, il s'ouvre sur le monde inconnu de la banalité des villes et des banlieues. Ou encore, les deux vont côte à côte, chacun dans son univers : poésie du chien et poésie du maître en parallèle.

Mais ces notes ne serviront à rien. Il me faut des personnages. Des personnages qui doivent dire quelque chose. S'ils se taisent, leur silence parle pour eux. Personnages qui doivent surtout faire quelque chose, aller quelque part, affronter des embûches, vaincre des périls.

Mais tout cela ne fait pas un roman. Ces notes ne pourront pas servir. Il faut autre chose pour le roman. Ce quelque chose, je ne l'ai pas encore trouvé, à l'exception de la fin.

Dans les dernières pages du roman, je veux que notre maître soit couché sur un lit d'hôpital. Je veux qu'il soit branché sur cette machine qui indique la fréquence des battements de son cœur. Je veux qu'il ait, tout comme maman, le fameux sac de Baxter, fixé au mur ou monté sur une perche amovible, avec dans le bras les aiguilles qui acheminent le *boost* dont elle était mentalement si friande. C'est ainsi qu'elle désignait le soluté. Cette solution miracle lui donnait le *boost* qui chaque fois suffisait à la tirer d'ennui. Notre personnage est couché sur ce grabat. Sa fille, s'il a dans le roman une fille, est venue de France. Il ne l'aurait vue que très rarement dans sa vie, pour cause de divorce, d'exil de la mère et de la fille. Cette dernière connaîtrait une brillante carrière dans le domaine de la mode, tout particulièrement de la haute couture. Mais ceci n'aurait peut-être aucune importance. Ce qu'il faut, c'est étoffer, donner du corps, de la vraisemblance à ce qui précède la scène finale, de sorte que soit ainsi concrétisée la solitude profonde du moribond.

La fille serait au chevet de son père. Arrivée la veille ou l'avant-veille. Il n'y a personne d'autre dans la chambre. Et même, au moment où le vieil homme meurt, il est tout à fait seul, ou presque. Mais où est le chien dans tout ça ? Où donc le chien est-il parti lorsqu'il est mort ? Il ne serait pas très loin. Ce serait dans ce roman un peu comme dans le conte de

Flaubert. Qui a lu *Un cœur simple* se souvient forcément du perroquet Loulou. La première phrase du conte, je ne l'ai jamais oubliée : « Pendant plus d'un demi-siècle, les bourgeoises de Pont-Lévesque envièrent à Madame Aubin, sa servante Félicité. » Je n'ai surtout jamais oublié ce court récit, dans lequel, contrairement à tant de critiques, je refuse de voir la moindre pointe d'ironie.

Cela raconte la vie d'une servante. Le cœur simple, c'est le sien. Peut-être celui de Flaubert, peut-être le nôtre. Félicité n'existe pas vraiment ; elle ne vit que par procuration. Nul amour dans sa vie, si ce n'est celui des enfants dont elle a charge et qu'elle chérit. Un monde restreint. On y voit sa maîtresse, un neveu dont elle pleure la disparition en haute mer, un homme enfin la renverse sur la route et tente de l'embrasser, peut-être celui-là même qui prétendait vouloir l'épouser, mais qui la délaissera pour un meilleur parti. Enfin, ce petit univers, d'une perte à l'autre, se réduit comme peau de chagrin. À la fin, il ne reste à la servante qu'un perroquet, celui de sa maîtresse. Ce perroquet, lorsqu'il meurt, elle le fait empailler. Félicité continue de l'aimer. Son amour pour lui s'est toujours accru proportionnellement à toutes les pertes successives qu'elle a subies. Loulou mort, elle ne l'en aime que plus. Elle finit par le confondre avec le Saint-Esprit, puisqu'une colombe est incapable de parler. L'Esprit-Saint, pour cette simple d'esprit, ne peut être qu'un perroquet. Dans son agonie, lorsque Félicité meurt à son tour, elle imagine sous ses fenêtres Loulou empaillé, participant solennellement à la procession de la Fête-Dieu. C'est un triomphe. Au moment où elle rend l'âme, le perroquet s'élève au-dessus d'elle et ouvre ses ailes pour l'emporter au ciel.

Où est le chien, lorsque meurt notre bonhomme, vieux lui-même, et que son pas cassait lorsque dans les derniers temps, il entreprenait le voyage qui le conduisait de son fauteuil à sa chaise de cuisine ou à son lit ? Où est le chien et que fait-il alors que notre homme est cloué sur son lit de mort ? Dans cette solitude qui s'étrécit progressivement, comme dans celle de la servante de Flaubert, l'animal chéri n'est jamais trop loin de son maître.

Alors que la machine fera finalement entendre l'unisson de sa petite musique funèbre, la ligne qui reproduisait les mouvements du cœur s'étant enfin couchée, à ce moment précis, le chien, du bout de l'horizon, vient à la rencontre de son maître.

***

Nous, les maîtres de chiens, sommes parfois plutôt drôles, dans le sens pathétique du terme ; comme lorsqu'on dit de certains que ce sont de drôles de type. Il y en avait un dans le parc à chiens de Notre-Dame-de-Grâce qui sortait du lot. Il ne supportait pas l'insignifiance des maîtres. Les chiens n'échappaient pas à son intransigeance. Maîtres et chiens étaient des imbéciles. Quant à lui, bien que frayant avec nous, il faisait bande à part. Non pas en ne parlant à personne, mais en dénigrant tout ce qui faisait l'ordinaire et la banalité des amateurs de chiens. Du reste, il ne supportait pas le sien et ne parlait pas en termes élogieux de sa femme qui, contrairement à lui, faisait si grand cas de son petit toutou chéri. Tant de niaiseries ! Cela lui paraissait franchement ridicule.

Cet homme, qui m'amusait beaucoup, était un anglophone, peut-être un Juif. Les Juifs me font souvent rire, justement à cause de ce qu'on appelle l'humour juif, dont ils auraient le monopole. Mettons que ce type était juif, puisqu'à lui seul il nous offrait, avec beaucoup de verve et un grand sens de la dérision, une manière de sitcom à la Seinfeld.

Enfin, il se moquait sans cesse des maîtres de chiens. Toujours en train de parler de leur chien, de ce qu'il a fait, de son petit caca, du vétérinaire, de la balle dont il raffole, de sa nourriture préférée. Aboie-t-il lorsque le facteur dépose le courrier dans la fente de la porte ? Combien de promenades fait-il par jour ? Est-ce qu'il dort au pied du lit ? A-t-il reçu ses vaccins ? La trivialité de nos conversations le mettait en rogne.

Dans ce même parc, un homme prétendait que son chien était un je ne sais trop quoi mâtiné de loup, un chien de forte taille croisé avec un loup. Tout cela était fort possible. Il l'avait trouvé blessé, affamé, au bord d'un chemin, dans les Rocheuses. Il allait sans dire, mais il le disait tout de même, que son chien était le plus fort de tous les chiens. Il me rassura cependant. Je n'avais pas à m'inquiéter : si mon chien tentait de monter le sien, son chien-loup lui ferait rapidement savoir qui était le *boss*. Pour démontrer le bien-fondé de son discours, il pointa du doigt la cage du receveur qui jouxtait le parc à chiens. Quand je dis « cage du receveur », c'est faute de connaître le terme exact qui désigne, au baseball, la zone grillagée qui recouvre le marbre. Bref, il me fit savoir que son chien avait déjà escaladé cette structure métallique, haute d'au moins une quinzaine de pieds. Exploit qui, à mon sens, mérite de figurer dans le livre des inventions les plus loufoques, mises au point par les maîtres de chiens les plus excentriques qui soient.

Dans notre quartier, deux rues derrière chez nous, vivait un homme. Il possédait une chienne, toujours calme, toujours silencieuse. Lorsque Max et moi passions devant sa maison, elle nous regardait passer sans bouger. Ses yeux étaient vairons, ce qui étonnait. Parfois, je croisais l'homme ou son épouse en compagnie de la chienne. Ces personnes étaient sympathiques, l'homme surtout, souriant, volontiers blagueur. Drôle d'homme, dont les traits d'esprit fusaient dans le temps de le dire, car sitôt dite, la blague, encore présente dans l'esprit de son interlocuteur, voyait son blagueur filer tout droit devant lui. Cet homme, en vérité, ne s'arrêtait pas. Il était continuellement à la course. J'étais dans le terrain de pétanque, seul ou avec d'autres, je les invitais, lui et sa chienne, à se joindre à nous. Il ne pouvait pas, il devait aller préparer le souper.

Sa chienne vint à mourir. Il se procura un superbe berger allemand. Le chiot était charmant. On le voyait rarement. Les maîtres du chien semblaient n'accorder aucune importance à sa socialisation. En conséquence de quoi, il arriva ce que n'importe qui aurait pu prédire. Le chien en vint à croire que tout ce qui ne lui était pas familier représentait une menace pour lui et les siens. Il devait se défendre ; par conséquent, il devait attaquer. Il se tailla rapidement une réputation de chien fou furieux. La méritait-il ?

Par un bel après-midi d'été, la dame promenait son chien devant chez moi. Le mien était en laisse. Le sien au bout de la sienne s'agita et manifesta une inquiétante agressivité. Il aurait sauté aux yeux même d'un néophyte que ce chien avait un problème. J'avais peu souvent parlé avec cette dame, mais, comme je la connaissais tout de même un peu, je lui suggérai, avec tact, avec doigté de recourir aux services d'un maître-chien ou d'offrir à son chien quelques séances dans une école de dressage. Cette proposition, je l'avais faite de manière neutre, sans condescendance, sur un ton nullement offensant, très poli. La dame en fut tout de même outrée. Jamais plus, elle ne m'adressa la parole. Dans la rue, lorsque nous nous croisions, elle évitait mon regard. Bien entendu, son chien ne fréquenta aucune école.

L'homme drôle, mais qui ne l'était plus depuis que sa femme avait subi l'affront que j'ai dit, promenait son chien très tôt le matin ou très tard le soir. Ainsi, pouvait-il éviter de rencontrer les autres promeneurs et leurs chiens. Il en était venu à ces extrémités en raison du comportement de son berger. Dès que la bête voyait un de ses congénères, son être subissait une radicale transformation. De chien relativement normal qu'elle était, elle se métamorphosait en bête sauvage, en monstre redoutable. Une toute petite femelle bichon avait échappé au contrôle de sa maîtresse. En sortant de la voiture, elle avait traversé la rue pour aller retrouver le berger. Ce dernier l'avait alors saisie dans ses mâchoires et l'avait vivement secouée, au risque de lui broyer les os.

Au coin d'une rue, une propriété était bordée d'une haie de grande taille et fort touffue, si bien qu'on ne pouvait voir si quelqu'un, au tournant, allait ou non surgir devant soi. Je ne songeais pas à une telle éventualité. Je marchais avec Max, il était tard. Nous étions proches du coin de la rue. Soudain, arrivent devant nous le maître et son berger. Le chien sort de ses gonds, se dresse sur ses pattes arrière, fait le chien d'attaque, se comporte comme les bergers allemands dans les films de guerre. Le chien s'énerve tellement, remue à un point tel que le maître tombe sur le trottoir. Tout ceci se passe très vite. Dans ce court laps de temps, tirant sur la laisse de Max, qui ne se fait pas prier pour me suivre, je gagne le trottoir opposé.

Le maître s'est relevé, a engueulé son chien, lui a donné une ou deux claques. Chose certaine, si le chien dans sa rage avait tiré très fort sur sa laisse, au point de l'arracher au petit homme qui tombait, mon chien n'aurait peut-être pas vécu aussi longtemps.

Le berger s'appelait Furious, nom qui témoignait sans ambages de la complaisance de ses maîtres, en quelque sorte de leur lucidité, de leur franchise. Il est furieux, soyons conséquents, donnons lui le seul nom qui lui convienne. Oui, Furious était furieux. Je n'étais pas seul à craindre sa brutalité. Certains d'entre nous projetions d'acquérir une muselière et de la déposer sur le pas de la porte de la maison de Furious, avec un mot anonyme qui aurait prié ses maîtres d'exaucer notre souhait : mettez-lui cette muselière afin que nous puissions nous sentir en sécurité.

À l'époque de l'école des chiens, les fils de la famille amenaient parfois Furious dans la cour de l'école. Si je passais sur le trottoir avec Max, Furious réagissait avec furie. Il m'arrivait d'avoir une vision : ce fou furieux sautait par-dessus la clôture séparant la zone herbeuse de la zone asphaltée, puis s'avançait jusqu'au point où la base de la clôture était suffisamment distante du sol pour qu'un chien puisse glisser dessous et se faufiler de l'autre côté : celui où nous nous tenions. Max avait déjà emprunté ce passage. Mais Furious ne sauta jamais par-dessus la première clôture. J'ai beaucoup d'imagination, je prévoyais toujours la catastrophe imminente.

Dans le cas où, Max étant dans la cour, Furious et son maître s'adonnaient à passer sur le trottoir, Max quittait nos jeux et partait à la course dans leur direction. Comme pour saluer son meilleur ennemi, sans interrompre sa course au passage, il allait lui donner deux ou trois jappements moqueurs. Sans doute, désirait-il lui faire savoir qu'il n'avait pas peur de lui et que, pour sa part, il ne tomberait jamais dans des excès semblables aux siens.

Par une soirée d'hiver, Max et moi marchions dans notre rue, à la hauteur de l'école. Nous étions sur le trottoir côté ouest. Le maître de Furious, sur l'autre trottoir, ne nous avait pas vus venir. Nous émergions à peine d'une ruelle, au moment où lui et son chien étaient déjà passablement engagés dans notre direction. Bref, trop tard pour que nous nous évitions.

Ce soir-là, les trottoirs sont glacés, en tout cas enneigés. Je crains que le monsieur ne tombe à nouveau, que son chien lui file entre les pattes et nous rejoigne. Le berger est dans tous ses états. Ses crocs sous peu reluiront dans la nuit, il crachera de la bave ; il est immense et, moi, tout petit. En une seconde, je vois la scène. Ça y est, nous sommes faits, il va tuer mon chien.

Sans réfléchir, je me rends à la maison la plus rapprochée. Avec Max, je monte les escaliers de son perron. De ce poste, si le monstre cherche à attaquer, je lui donnerai des coups de pieds. Ou encore, je prendrai mon chien dans mes bras et le maintiendrai au-dessus de la rampe d'escalier hors de portée de Furious.

Enfin, nous n'étions nullement à l'abri, mais tout de même, j'ai fui. Que pouvais-je faire d'autre ?

Tu aurais pu ne rien faire, me répond mon chien. Tu aurais dû ne rien faire ! A-t-on idée de se montrer aussi couillon ? Un chien, même s'il se sent menacé, ne doit surtout pas laisser paraître qu'il a peur.

Nous redescendons de notre refuge, bien que l'ennemi soit encore de l'autre côté de la rue. Et Max, que ma réaction a étonné, voire déçu, tient tout de même à me rassurer, à me faire savoir que je m'en suis fait pour rien. Du reste, il lui faut également montrer à Furious que ses hurlements déchaînés et son pathos guerrier ne l'impressionnent guère. Alors, pour lui montrer et pour me montrer à moi aussi que rien de tout cela ne l'a perturbé, Max, d'un coup de gueule, s'empare de la laisse et se met à s'amuser, à courir devant et derrière moi, à tirer sur la laisse, à jouer comme si de rien n'était.

Furious n'avait pas été socialisé. Peut-être ne l'avait-il pas été parce que, dès la première tentative, il avait effrayé ses maîtres en manifestant de l'agressivité à l'endroit d'un autre chien. Quoi qu'il en soit, ce n'est que longtemps après cette dernière histoire que j'appris, de la bouche même de son maître, que son chien ne s'appelait pas Furious, mais bien Führer, comme Adolf Hitler. À bien y songer, s'il y avait dans mon erreur un fond de vérité, il y avait en tout cas dans le vrai nom que portait le berger quelque chose de singulier.

Führer n'était pas notre seul ennemi. Je devais demeurer vigilant lorsque Max était en liberté : un gros rottweiler, qui vivait à l'autre bout de la ville, faisait parfois avec son maître des incursions dans notre quartier. Max, alors qu'il n'était encore qu'un tout petit chiot, l'avait d'abord rencontré à l'école des chiens. Le molosse, un jour, lui avait donné quelques grognements de semonce. Depuis ce jour, Max gardait ses distances. C'était l'époque où je m'interrogeais à savoir si oui ou non mon chien serait castré. Le rottweiler ne l'était pas. Ayant moi-même à prendre une décision à ce sujet, je sondais à peu près tous les maîtres de chiens que je rencontrais. Quelle était leur opinion ? Je demandai au maître du rottweiler les raisons qui l'avaient guidé dans son choix. À la question : Pourquoi ne l'as-tu pas fait castrer ? Il répondit : Parce que. Puis, avait tourné le dos.

Un jour, Max, qui était devant la maison, part en courant. Il a vu avant moi, ce que je viens tout juste de voir : Zeus. C'est le nom du rottweiler. Il est au bout de la rue. Il disparaît maintenant derrière une haie, puis derrière la maison qui occupe le coin du pâté. Max file à vive allure. Je cours immédiatement à sa suite. Je dois intervenir avant que n'éclate la confrontation redoutée. Lorsque j'arrive au coin, Max est à distance respectueuse du mâtin. Le maître me dit, d'un ton ironique, que mon chien a sagement compris qu'il n'avait pas intérêt à s'avancer plus près de Zeus. Enfin, il a dit cela en moins de mots et en anglais, parce qu'il était anglophone.

Zeus était incontestablement le roi. De même, son maître se croyait au-dessus de toutes les lois, du moins en matière fécale. Je fus témoin de la scène. J'attendais que le feu tourne au vert. Depuis ma voiture, je vis le maître et la bête s'engager dans l'allée du centre commercial Norgate, à l'angle de la rue Côte-Vertu et du boulevard Décarie. Il s'agit d'une allée piétonnière abondamment fréquentée. À l'entrée du centre, le maître de l'univers s'immobilisa, prit la position du déféqueur divin et déposa sa précieuse et odoriférante substance sur les dalles du trottoir. L'homme s'immobilisa derrière la bête. Quand elle eut enfin terminé son chef-d'œuvre, lui et le dieu canin nonchalamment poursuivirent leur chemin, laissant là, sur le sol, le beau tas promis à une éventuelle semelle.

Je m'en voudrais de terminer ce chapitre consacré aux drôles de maîtres, parmi lesquels je m'inclus, sans mentionner le vieux Polonais et sa petite chienne attendrissante.

La première fois que je rencontrai le bonhomme, il me sembla fort intéressant. Il racontait des histoires de guerre. Durant la Seconde Guerre mondiale, il avait été résistant. Il était tireur d'élite. Il avait tué des dizaines de soldats allemands. Bien entendu, son récit était étoffé, nourri d'anecdotes saisissantes. Je résume en trois lignes ce qui occupa un monologue qui dura au moins trente minutes.

Au milieu de cette drôle de conversation, le monsieur tint à m'avertir que sa petite chienne était extrêmement puissante. C'était une chienne croisée, basse sur pattes, large du torse, au visage agréable. Elle ne semblait pas du tout menaçante ou dangereuse. Mais il ne fallait pas se fier aux apparences. Un intrus l'avait appris à ses dépens. Sa femme avait répondu à la porte, le malfaiteur l'avait molestée. La chienne s'était alors portée à sa défense. L'homme fut sévèrement blessé, mordu en plusieurs endroits. Il y avait du sang partout dans le portique lorsque la police arriva sur les lieux du crime. Ce récit me jeta dans une certaine perplexité. Je n'osais plus regarder la chienne avec désinvolture. Pourtant, elle semblait si douce. Et tellement éprise de Max. Lorsqu'elle le voyait, elle gémissait.

Le monsieur se promenait tous les jours avec sa chienne. Il traversait l'allée du parc devant chez nous. Je le saluais de loin ou traversais avec Max, afin d'agréer la petite chienne.

L'homme tenait parfois de curieux discours. Il n'était pas tendre à l'endroit des Juifs.

Par un bel après-midi d'hiver, depuis la fenêtre du salon, je vois un jour venir de loin un homme transportant sur son dos un objet que je ne parviens pas à identifier. L'homme se rapproche, je crois maintenant reconnaître que ce qu'il porte sur son dos est une croix. Plus il se rapproche, plus ma vision se concrétise. Il porte en effet une croix blanche. Cette croix, il va la porter durant environ une semaine, peut-être plus. Il y a dessus des écritures. On y évoque les Juifs avec hostilité.

Au retour du printemps, l'homme marchera en prenant appui sur une canne. Toujours accompagné de sa gentille petite chienne. Il portera pendant quelques jours un écriteau autour du cou. Je me rapprocherai pour en savoir davantage. Sur l'écriteau, on pourra lire qu'il n'est pas un pédophile. Il me fournit alors des explications dont la cohérence m'a tout à fait échappé.

Ensuite, le bonhomme est revenu à quelques reprises dans le parc. Il marchait lentement et sa chienne l'accompagnait toujours. À l'une de ces occasions, alors que j'étais sur le pas de ma porte, il se tourna dans ma direction et m'adressa un doigt d'honneur. Ce qui me valut cet élégant *fuck you*, je n'ai pas vraiment tenu à le savoir. Par la suite, le Polonais et sa chienne ont moins fréquenté le parc. Je ne les ai pas revus depuis. Je crois que le monsieur est décédé.

On ne peut échapper au monde réel, s'en soustraire facilement. Nous sommes inclus dans le grand jeu, lors même qu'il nous pousserait dans les retranchements de la folie. Les yeux ouverts ne permettent de voir que ce qui est. L'hallucination fait également partie de ce qui est. Le champ qu'embrasse le regard met inévitablement en évidence une certaine laideur du monde. Cette laideur, l'esthétique à elle seule ne permet pas d'en prendre la mesure. Il faut recourir, entre autres, au complément éthique. Le dégoût de Baudelaire, qui se manifeste dans le désir de s'exiler *anywhere out of the world*, ne peut être confondu avec le rejet qu'exprimerait un dandy face à une croûte, vis-à-vis la médiocrité d'une étoffe bon marché, devant un bâtiment à vocation strictement utilitaire, comme une station-service, un restaurant de *fast-food*, une boîte à savon conçue par un architecte en manque de fonds.

Si j'ai souvent pris plaisir à retrouver Rousseau, c'est parce que, à travers lui, mettant pour ainsi dire mes pas dans les siens, suivant ses traces, par le truchement de la lecture, je parvenais à me promener dans une nature qui n'existe peut-être plus, et qui sans doute n'a jamais véritablement existé. J'aime chez Rousseau un monde qui est à la mesure du corps de l'homme. Le philosophe se lève et marche. Il traverse une ville, debout, sur ses deux jambes. Il s'en va à pied. Il laisse derrière lui la cité, son commerce, sa fébrilité industrieuse. Le voyage peut commencer. Une campagne s'ouvre à lui. Seul au milieu du monde, ayant fui la société de ses semblables, Rousseau peut dès lors s'adonner, le titre de son ouvrage le dit, à ses rêveries de promeneur solitaire.

On aura beau objecter tout ce qu'on veut, discuter des positions du philosophe, évoquer l'abandon de ses enfants, questionner la pertinence, la lenteur, la mièvrerie de ses romans, Rousseau a bel et bien foulé le sol d'une partie de l'Europe, à une époque où les voyages à pied étaient encore possibles. Cela me suffit. Ce qui me comble dans cette histoire en marche, se situe dans sa transmutation, dans ses métamorphoses.

Il s'agit d'une transmission. Rousseau assure le passage du paysage, sa livraison, sa mise en livre. Le paysage se reconstitue dans la page. Cette page, en tout cas, parvient à déplier dans mon esprit la carte d'un territoire qui devient la matrice, le creuset, où s'élaboreront par la suite mes propres paysages. Ferment, dévoilement de mon propre espace intérieur.

Lorsque je suis mentalement heureux sur la terre, le paradis au sein duquel j'évolue emprunte aux paysages que traverse la plume de Rousseau, aux paysages que dépeignent les pas de Rousseau sur les routes de France, de Suisse et d'Italie.

Je me fais une idée du cadre champêtre idéal. Je ne réfute pas la beauté des villes, anciennes ou modernes, je ne m'offusque pas à la vue d'un gratte-ciel, mais j'imagine dans l'idéal, pour employer une terminologie passéiste, une campagne riante. Cette campagne n'a rien de sauvage. L'ours noir ne surgira pas de derrière un taillis. Je vois plutôt des cours d'eau claire, de frais pâturages ; peut-être une bergère ou une lavandière me sourit dans l'ombre légère, tandis que le long ruban d'une route oscille de vallon en vallon, jusqu'à un sommet qui, après une journée de promenade, permet de contempler la ville prospère au fond de la vallée.

Cette campagne pénètre jusqu'au fond de la forêt. À la suite de Rousseau, nous nous engageons dans un monde qui n'a de sauvage qu'une vaste absence d'êtres humains. Dans son esprit, ce qui est laid, c'est l'homme dénaturé. Il faut donc fuir ses semblables, puisqu'ils ont fui la nature ainsi que leur propre nature. L'homme existe encore, mais nous l'avons semé derrière nous, et pour citer un autre auteur, celui des *Contemplations*, on pourrait dire, à ce point de la promenade que

Le vallon où je vais tous les jours est charmant,
Serein, abandonné, seul sous le firmament,
Plein de ronces en fleurs ; c'est un sourire triste.
Il vous fait oublier que quelque chose existe,
Et, sans le bruit des champs remplis de travailleurs,
On ne saurait plus là si quelqu'un vit ailleurs.

Toutefois, lors de la promenade que j'évoque maintenant, Rousseau s'est avancé si profondément dans les bois qu'il ne voit et n'entend plus rien de l'univers des hommes. Il est retourné à l'origine du monde. Tout ce qui l'entoure est sauvage et naturel. Il y a des bouvreuils, des chardonnerets, de petits animaux, mais plus aucune forme d'animosité. Ceux qui torturent Rousseau ne s'aventurent pas dans ces repères. Le charme opère entièrement sur son esprit.

J'étais seul, je m'enfonçai dans les anfractuosités de la montagne, et de bois en bois, de roche en roche, je parvins à un réduit si caché que je n'ai vu de ma vie un aspect plus sauvage [...]. *Je me mis à rêver plus à mon aise en pensant que j'étais là dans un refuge ignoré de tout l'univers* [...]. *Je me comparais à ces grands voyageurs qui découvrent une île déserte* [...]. *Tandis que je me pavanais dans cette idée, j'entendis peu loin de moi un certain cliquetis que je crus reconnaître; j'écoute : le même bruit se répète et se multiplie. Surpris et curieux je me lève, je perce à travers un fourré de broussailles du côté d'où venait le bruit, et dans une combe à vingt pas du lieu où je croyais être parvenu le premier j'aperçois une manufacture de bas.*

Lorsque je me promène, deux ou trois siècles plus tard, ce n'est pas au milieu du désert. Soudain, je ne tombe pas nez à nez avec une usine. Au contraire, je me promène et tout partout il y a des usines, des manufactures de bas et des centres commerciaux.

Pour parvenir au désert, pour découvrir un îlot de verdure, il faut s'écarter, s'éloigner du bruit et pénétrer dans un des petits boisés urbains qu'offrent à leurs citadins les municipalités.

Ceci pour dire qu'on n'échappe pas facilement à ce qui est. Or justement cela qui était n'est pas, cela n'est plus, autrement que protégé, enclavé, mis en réserve, comme on le fait pour les touristes nostalgiques engagés sur le chemin de Compostelle. On a découpé le paysage. Certaines sections appartiennent désormais au grand musée de la nature. On s'y rend en visite. C'est à l'autre bout du monde. Au retour, on revient à la réalité.

Les alpages constituent une photographie animée, un leurre. Il n'y a pas véritablement de moutons blancs posés çà et là sur le flanc de la montagne verte. L'eau ne cascade pas de truites enchantées et les petits ponts de bois ne l'enjambent pas. Rousseau est mort, et avec lui l'idée de nature.

Tout cela, pour en arriver à moins que rien, mais qui me fut si cher. Je veux parler de quelques promenades dans un site qui n'avait d'enchanteur que les métamorphoses que lui faisait subir ma fantaisie.

J'ai presque tout imaginé, mais je n'ai pas inventé les nuages au-dessus de nos têtes. Ils sont présents encore, et dès que le ciel s'élargit, ce que rend possible un certain tassement, un genre de refoulement au loin des édifices, je vois tant de bleu relancer immanquablement en moi le processus de la rêverie.

Je rêvais donc, et ce n'était pas un rêve. Mon chien et moi étions véritablement en train de nous promener dans ce nouveau paysage, à deux pas de chez moi ou presque. Cela se passait il y a quelques années. Ma fille et son mari venaient d'emménager aux extrémités de la ville. Ils habitaient au dernier étage d'un nouvel immeuble. La fenestration de leur loft offrait une vue exceptionnelle. Sous leurs fenêtres s'étendait un parc immense, éclatant de blancheur en hiver. Un peu plus loin, un terrain de golf amusait les amateurs de ce sport en été, tandis qu'il était fréquenté durant la saison morte par des promeneurs, souvent accompagnés de leur chien.

Ce quartier, bien que densément peuplé, semblait désert au milieu de l'après-midi. Nous rendions fréquemment visite à ma fille, enceinte, puis jeune maman. Je profitais de certains creux pour m'échapper avec Max. Dès que le mercure commençait à chuter, le grand parc était peu fréquenté. Max y courait en toute liberté. Mais nous étions alors bien loin des sites enchanteurs que décrit Jean-Jacques. Cependant, nous nous en rapprochions lorsque nous nous rendions sur le terrain de golf.

De petites buttes agrémentaient l'endroit ; des sentiers sinueux décrivant de larges courbes y montaient et redescendaient. Un grand étang, autour duquel se regroupaient, par endroits, des roseaux et d'autres plantes aquatiques, accueillait des oies sauvages et des hérons. Entre les immeubles, dont on finissait par s'éloigner graduellement, apparaissait le dôme de l'oratoire Saint-Joseph. Du haut d'une haute colline, j'apercevais enfin le mât du Stade olympique. Sur l'autre versant, l'ouest présentait des couchers de soleil grandeur nature.

Deux murets de pierres me donnaient à rêver. Existaient-ils depuis des décennies ? Des cultivateurs du vieux Saint-Laurent les avaient-ils érigés ? Les devait-on plutôt aux entrepreneurs qui étaient à l'origine de ce terrain de golf ?

Pendant deux ans, ma fille et son mari ont habité leur loft. Ma petite-fille naquit peu après leur installation, en mars 2008. Quelques jours après la naissance de l'enfant, ma mère quittait Pierrefonds pour revenir à Saint-Laurent. Elle avait pris le chemin de l'hôpital à la fin de l'été 2007. Elle mourut en avril de l'année 2009. J'ai dit dans quelles conditions. Je n'ai peut-être pas assez dit quelle impression durable me laissèrent son décès et les pénibles conditions de sa fin de vie.

Ces années avaient une curieuse particularité. Je n'étais plus au milieu de ma vie, j'étais fatigué, j'avais considérablement réduit mon temps de travail, je préparais ma retraite. J'aidais ma vieille mère à prendre place dans la barque du nocher. Je nettoyais son dentier et lui chantais de vieux airs folkloriques. Charon attendait patiemment sur les rives de l'Achéron, tandis que se dévidait la bobine, dont la Parque Morta allait d'un instant à l'autre couper le fil. Le destin de maman prenait fin dans les temps où se mettait en branle celui de notre petite-fille. D'une part, les Enfers, d'autre part, ce qu'on appelle curieusement le vert paradis de l'enfance.

À cette époque, j'offris à mon chien ses plus belles randonnées. Il m'arrivait fréquemment de reconduire mon fils dans l'ouest de l'île. Après l'avoir déposé, j'entreprenais avec Max des balades dans une petite forêt, dont j'ai déjà parlé. Ajoutons à ces promenades, celles que nous faisions dans les environs de CHSLD de Pierrefonds, dont certaines sur la rivière glacée de janvier. Bien entendu, le parc Philippe-Laheurte et le terrain de golf, où je croisais parfois la distraite silhouette de Jean-Jacques, occupaient une place de choix dans ce petit palmarès, sans oublier les campus de nos collèges et nos balades le long de la voie ferrée.

Max était alors encore relativement jeune. Il était en tout cas en excellente forme. Il n'avait que six ans lorsque maman quitta son rez-de-chaussée, sept ans lorsque naquit la petite, huit au décès de maman, mais déjà dix lorsque je pris ma retraite au début de l'été 2011.

En temps normal, j'aurais dû patienter encore une année avant de quitter mon emploi. Mais j'étais las de voyager. Champlain commençait à faire parler de lui. C'était le début de la saga du pont. Ses usagers redoutaient de plus en plus son éventuel effondrement. Les travaux de réfection qui s'annonçaient n'auguraient rien de bon en termes de trafic et de congestion. Toutes ces considérations entraient en ligne de compte dans ma décision. Mais ce qui surtout précipita ma retraite, ce fut la naissance en mai 2010 d'un deuxième petit-enfant. Après une année de congé de maternité, ma fille reprendrait bientôt le travail. Ma femme et moi avions l'intention de prendre soin de ses enfants.

En septembre 2011, nous entrâmes en fonction. Déjà, nous avions été on ne peut plus disponibles. Désormais, nous le serions à temps complet.

Me voici donc à la retraite. Lorsque j'entreprends de longues marches avec l'un ou l'autre des enfants, Max nous accompagne. D'une main, poussant le landau ; de l'autre, tenant la laisse. Max comprend la situation. Il sait que ce type de promenade exige de sa part une certaine collaboration, une forme de rétention. Il doit se plier à la règle de la lenteur, éviter d'aller de tous bords tous côtés afin que sa laisse n'entrave en rien la bonne marche de la poussette. Cette discipline est loin de le perturber. Ce sont là des promenades qui s'ajoutent à ses quotidiennes. Très tôt le matin, avant l'arrivée des enfants, il a droit à sa promenade usuelle. À leur départ, en fin de journée, il sort à nouveau. Je tente de ne pas le négliger. Certes, il est maintenant âgé ; par conséquent, il peut se contenter de sorties plus brèves. La fin de semaine, nous retournons cependant sur les campus et prenons la direction de la voie ferrée.

Parfois, j'annonce aux enfants que Max va leur donner un petit spectacle. Ils s'installent sur les marches devant la maison et je lance des balles au chien ou une longue corde tressée, qu'il maintient fermement dans sa gueule et que je lui dispute. Ou bien nous allons au jardin. Été comme hiver, il nous accompagne. L'été, nous jouons avec le boyau d'arrosage, nous faisons des abris avec les chaises de jardin ; l'hiver, je traîne derrière moi le toboggan et les enfants s'amusent sous les regards de Max et d'un bonhomme de neige.

Je mettrai sous peu un terme à mes doléances. Déjà, je ne compte plus les jours et les semaines. Le livre se fermera et je regretterai de n'avoir pas évoqué certains souvenirs. Par exemple, j'aurais pu oublier de mentionner sa conformité à la race des goldens, sur le point précis de ce qu'on appelle la délicatesse de prise en bouche. On utilise le golden pour la chasse, entre autres raisons, pour les soins attentifs qu'il témoigne à l'endroit du gibier qu'il rapporte au chasseur. Il est précautionneux, il ne maltraite pas le gibier. Sa gueule se referme sur lui tout doucement. Pilou avait agi de cette façon avec Mine-Mine, le chaton. Il s'amusait à le promener de pièce en pièce. Plus tard, par la fenêtre, je l'avais vu saisir délicatement le bonnet qu'un tout petit enfant de garderie tenait dans ses mains. Sous l'œil attentif de la gardienne, il s'était lentement emparé de ce butin, et lentement s'était éloigné de l'enfant en reculant.

Ce matin, j'ai repensé au bien-être que j'éprouvais lorsque je lui venais en aide. Un vieux voisin qui habitait à côté de chez nous me rappelait toujours à quel point nos chiens nous tiennent en esclavage. On doit tout accomplir à leur place. Ils sont incapables d'ouvrir une porte, de sortir par eux-mêmes pour aller faire leurs besoins, ne parviennent pas à se procurer leurs croquettes, etc. Le vieillard avait raison, mais il oubliait à quel point cet esclavage nous rend heureux.

Une dame que nous croisions parfois avec son chien s'avance l'autre jour dans ma direction. Je lui annonce alors ce qu'elle sait déjà. Elle compatit avec moi. Nous parlons brièvement de l'amitié qui nous lie à nos bêtes. Elle me confie que son chien lui a sauvé la vie. Elle n'en dit pas plus.

Lorsqu'un simple mortel sombre dans ses propres abîmes, il peut se mettre à prier. Il m'est parfois arrivé de prier. Aussi de consulter. Grâce à un monsieur, une sorte de confesseur des temps modernes, j'appris que la honte me tenaillait. Honte de quoi ? Sans doute de ce que j'avais fait et de ce que je n'avais pas fait ; de ce que j'avais dit ou de ce que je n'avais pas dit. Honte et peur. Honte de ce qui était derrière moi et me hantait. Peur de ce qui se dressait devant moi, des épouvantails qui entravaient ma route et qui me médusaient. Entre le passé et l'avenir, je devenais une statue. Je ne savais plus écrire, je refusais d'écrire. Le moindre mot que je couchais sur la page me paraissait insipide, me rappelait ma culpabilité. Il m'arrivait donc de prier. De prier plutôt que d'écrire. Mes mots qui se perdaient dans le silence, que le silence avalait, il me semblait que c'était de la littérature soustraite à sa vanité, à la mienne en tout cas. Une littérature sacrifiée, offerte en pure perte, maintenue entre les étroites parois de mon cerveau. Tout cela était sans doute absurde et compliqué.

L'arrivée de Max m'inscrivit à nouveau dans la simplicité. Je retrouvai avec lui l'enfant que j'avais été, l'enfant que j'avais égaré au fond de l'adulte. Nos longues promenades me firent moins sortir de la maison que sortir du moi-même honteux et craintif que j'étais devenu. La marche au grand air, même vicié, de la ville, remplaça la prière. Le mot *God* en s'inversant devient *dog*. Pendant des années, le chien et moi avons marché ensemble, marché jusqu'à ce qu'une pensée finalement se mette à pousser dans mon esprit. Je rédigeai un nouvel ouvrage de poésie. Max durant tout ce temps était à mes côtés. Après des années de silence, le poème refaisait surface. J'écrivais en marchant ce nouveau poème. Je renaissais. Max allait maintenant pouvoir mourir, mais j'ignorais cette nouvelle nécessité.

Il faudra bien mettre un terme à ce récit, accepter de vous laisser enfin partir, regarder au loin s'accomplir votre diminution, l'absence accrue que fera votre disparition au bout de l'horizon. Je vouvoie respectueusement l'ami que tu étais. Vous, Monsieur Monsieur, mon philosophe, souriant, joueur, mon dernier maître d'école. Je ne le veux pas, mais vous êtes déjà bien loin.

Le hasard a voulu que je retourne aujourd'hui dans les Bois-Francs. Sur les lieux mêmes de notre terrain de golf, les entrepreneurs ont construit de nouvelles demeures, de vastes habitations. Elles envahissent tout l'espace. La rue qui prenait fin là où commençaient nos promenades, est prolongée, et traverse maintenant tout l'ancien terrain de golf. D'autres rues et de nouvelles avenues ont également envahi nos buttes et collines. Le grand étang a sans doute été asséché. Les petits murets qu'avaient peut-être érigés mes arrière-grands-parents, autrefois cultivateurs quelque part sur ces terres, sont-ils encore debout ? Je l'ignore, je passais là en vitesse, je n'ai pas pris le temps de descendre de voiture pour m'aventurer seul à travers ce chantier de construction encore et toujours en expansion.

Je t'annonce aujourd'hui, mon bel ami, que j'ai appris à marcher seul. Je vais maintenant d'un bon pas dans les allées du parc, dans la ruelle derrière chez nous. Mes pensées vont encore vers toi, ma tête est toujours pleine de toi, mais je ne pleure pas. Je marche et je ne m'arrête pas. Je sais que tu n'es plus là, mais tant et aussi longtemps que je serai conscient de ton absence, tu seras encore présent à mes côtés.

Seulement, il faudra bien que je mette un terme à ce récit. Il faudra bien encore une fois que je te ramène chez le vétérinaire, qu'on m'y annonce la terrible nouvelle et que j'en vienne à faire de moi une Morta, pour finalement couper le fil de ta destinée. Je reporte ce moment depuis le début de ce récit. Je grefferais infiniment, vus sous de nouveaux angles, les souvenirs déjà évoqués. J'en chercherais d'autres dans les replis de ma mémoire. Je les inventerais. Je n'ai pas dit qu'en hiver, il m'arrivait souvent de glisser lors de nos promenades. Je n'ai pas dit que nous allions parfois dans le grand parc à chiens d'Outremont, sous le viaduc, près de la voie ferrée qui sépare Outremont de Ville Mont-Royal. Il y a tant de choses que je n'ai pas dites. Tant de choses insignifiantes, inutiles, dont l'évocation aurait pour seule fonction de différer le moment de la fin.

Je me faisais beaucoup de souci pour son bien-être. Malgré tout, je me sens coupable d'avoir vécu tous les jours de sa maladie sans avoir été conscient de ce qui se tramait dans son organisme. Les symptômes ne me mettaient pas la puce à l'oreille. Je vivais normalement notre vie quotidienne. La Parque dans l'ombre préparait ses ciseaux.

Max était là, tout près, lui-même dans l'ombre de ce qu'il avait été autrefois. Il prenait de moins en moins de place. Il se tenait à l'écart. Son calme, sa nouvelle placidité, je l'attribuais à la maturité du grand âge. Je croyais naïvement que la vieillesse le ralentissait. Je comprends maintenant qu'il entre dans le ralentissement des vieillards des entraves, des bâtons dans les roues, qui ne proviennent pas tant de l'âge avancé, que des maladies qui en sont souvent le lot. Le vieux qui se lève difficilement de sa chaise, ce n'est pas la vieillesse qui lui cause des ennuis, ce sont les maladies dont il souffre. Un vieux en santé se meut assez aisément. Si mon chien éprouvait tant de difficulté à m'accompagner au cours de nos dernières randonnées, ce n'était pas, comme je le croyais bêtement, parce qu'il était vieux, c'était que la maladie le minait.

Je me souviens. Il ne faisait pas même chaud, l'air n'était pas non plus chargé d'humidité, Max cependant peinait à garder le rythme. Il s'arrêtait à des endroits indus, dix minutes à peine après qu'on se fut mis en route.

Un jour, alors que nous revenions du campus du collège Vanier, sans même avoir parcouru la totalité de notre itinéraire habituel, il avait fallu qu'on s'arrête à l'ombre des grandes tours grises de l'église. Max avait eu besoin d'un long temps de repos. Puis, nous nous étions remis en route. Parvenus à la hauteur de la Caisse populaire, trois coins de rue plus loin, il avait voulu qu'on y entre, ce qui parfois nous arrivait la fin de semaine au plus fort de la canicule. Il recherchait alors les bienfaits de la climatisation. Nous y sommes entrés brièvement même si le temps était clément. Après ce repos, ayant encore parcouru quelques deux cents mètres, voilà qu'il réclame à nouveau une pause, cette fois chez sa vieille amie Maggie, la femelle saint-bernard, morte depuis trois ou quatre ans. Enfin, de retour à la maison, il avait beaucoup bu, s'était couché dans le portique. Moi, grand innocent, j'avais vaqué à mes occupations. Bon, me disais-je, il se fait vieux. Ne nous éloignons plus trop de la maison. Faisons désormais de petits tours, partons pour quinze ou vingt minutes. Laissons-le se reposer.

Il se reposa donc plus fréquemment. Les enfants entraient, les visiteurs arrivaient, il ne bougeait pas. Il économisait ses forces. Grand innocent, je me disais qu'il s'assagissait. Rien ne lui servait de s'énerver, il avait fini par comprendre que nous avions des choses à faire, qu'il devait patienter, que son tour allait bientôt venir, que je prendrais soin éventuellement de lui, lui donnerais un peu d'affection, de l'eau, un biscuit, encore quelques caresses. Je pensais ainsi et j'avais tort.

Lorsque je promenais mon petit-fils dans sa poussette, il ne demandait plus à nous accompagner. Depuis déjà cinq ans, avec la grande sœur, puis avec le petit, et même les deux enfants, Max nous avait toujours accompagnés. Maintenant, il me regardait partir avec eux. Monsieur Jalousie, c'était le nom que je lui donnais quand il se précipitait nerveusement sur moi alors que je bécotais mon petit-fils en le chatouillant. Le rire de l'enfant l'excitait. Il me demandait son dû. Monsieur Jalousie. Les ricanements de l'enfant le laissaient désormais apathique.

Lorsque nous passions devant lui, dans l'allée du parc, il me regardait avec ses beaux yeux tristes. Je le saluais. Nous n'allions pas très loin ; nous revenions rapidement sur nos pas. Il était à l'ombre du tilleul, il relevait la tête, se redressait parfois, puis se recouchait au moment où nous disparaissions à nouveau de sa vue.

Il y avait eu, en mars, cette tumeur, cette petite protubérance que j'avais confondue avec une glande anale. J'avais eu la frousse, mais j'avais vite eu le soulagement d'apprendre que la tumeur était bénigne. Max avait été castré en raison de cette tumeur. Bon, au moins, il ne développera pas un cancer des testicules. En prime, il va se calmer, il ne se battra plus avec ses rivaux. Surtout, il va vivre vieux. Je pensais ainsi.

Oui, j'en avais la conviction profonde, il allait vivre encore au moins jusqu'à l'âge de quinze ans. Cela nous donnait encore trois belles années. J'allais en prendre soin. Je serais son bâton de vieillesse. Il vivrait une retraite dorée. Autant je savais qu'il allait mourir un jour, autant j'avais la certitude que ce jour ne pouvait être que lointain. On me l'avait dit : les chiens croisés ne développent pas les maladies qui font mourir prématurément tant de chiens de race pure. On me le disait souvent : ton chien est en pleine forme. Et c'était vrai, Max était sportif, il courait, sautait, s'amusait, avait toujours de l'entrain. Ce n'était pas un chien poussif, un paresseux qui ne songe qu'à manger.

Bref, malgré son ralentissement, que je croyais attribuable à son âge, ce n'était pas demain la veille de son grand départ. Du reste, il lui arrivait de s'exciter encore un peu au passage d'un chien devant chez nous. Il était vieux, certes, mais, quelques jours avant la fin, je le vois encore se comporter comme le Max fringuant des beaux jours.

Autres souvenirs en vrac. Pour différer la fin.

L'hiver, les marches en fer forgé de l'escalier en colimaçon étaient souvent recouvertes de glace. Afin qu'il ne glisse pas en les descendant, je lui en bloquais l'accès grâce à une petite clôture amovible.

Au retour de la promenade, souvent les coussinets de ses pattes étaient couverts de boue. À l'aide d'un torchon, je les nettoyais avant de rentrer.

Derrière un meuble du salon, hier encore, j'ai ramassé quelques poils de Max. Ils sont de moins en moins nombreux. Au printemps prochain, j'irai derrière nos lourdes bibliothèques, j'y ferai la découverte de leurs tout derniers vestiges.

Après que nous ayons passé un moment dehors, en face de la maison, ou encore au retour de la promenade, je lui disais énergiquement, en claquant dans les mains : maison maisonnette. Il montait les marches de l'escalier en courant. J'ouvrais la porte. Des mots semblables, des souvenirs de cet ordre, papa en a rempli tout un carnet lorsque mon petit frère est mort. Il évoquait de précieux souvenirs, de petits riens qu'il ne voulait pas laisser sombrer dans l'oubli. Ces mots, ces chatouillements aimables de l'amour, il les a tous consignés. Je fais de même.

Il ne craignait pas le tonnerre, n'avait pas peur de l'aspirateur.

Avec la tondeuse manuelle, je le contournais s'il était couché sur la pelouse. Lorsque nous ramassions les feuilles à l'automne, il était de la partie. Quand je déneigeais le trottoir, je passais à côté de lui. Lorsqu'il ne restait à déneiger que le trottoir sous lui, je lui demandais de se déplacer.

Je l'avais somme toute bien dressé. Au tout début, je lui avais appris à se comporter à peu près correctement, lorsque je lui mettais la laisse au cou. Nous marchions lentement. Pendant des années, je me suis amusé à faire de lui mon chien-guide. Je fermais les yeux et nous avancions. Sur les trottoirs, nous allions en ligne droite. Je parvenais à maintenir mes paupières closes durant une petite minute, parfois quelques secondes de plus. Dans l'ancien terrain de baseball, le petit jeu m'amusait beaucoup, parce que nous n'allions pas en ligne droite. Lorsque je rouvrais les yeux, je m'étonnais de l'endroit où nous étions parvenus. Je jouais à ce jeu parfois très tard en soirée. Le ciel était d'une grande beauté, avec quelques étoiles citadines, un quartier de lune et des cumulus poussés rapidement par le vent.

Nour, une petite Algérienne, et ses frères étaient charmants. La petite accusait un certain retard dans son développement. Elle était mignonne, mais elle ne parlait pas. Elle était déficiente intellectuellement. À bicyclette, elle se débrouillait de façon formidable. Elle était très physique. Au début de l'histoire de Max, Nour était bien jeune. Elle traversait la rue et venait le voir. Le chien la fascinait. Il était parfois dans le jardin. Elle tentait alors d'ouvrir la porte. Max aurait pu être libéré sans que je le sache. Au-dessus de la porte, hors d'atteinte pour l'enfant, il me fallut ajouter une lanière de cuir et l'ajuster de manière à ce que Nour soit incapable de l'ouvrir. Elle y est encore, mais je ne referme plus cette porte. Le grand frère de Nour avait terriblement peur de Max. Mais le benjamin, Raouf, âgé d'à peine cinq ans, gambadait autour de Max en riant aux éclats, pour finalement lui sauter au cou et l'embrasser.

Julia, la jeune Russe. Une très jolie fillette. Aujourd'hui, ravissante adolescente. Depuis des années, elle s'arrêtait quotidiennement pour saluer Max. Elle avait joué avec lui alors qu'elle avait à peine trois ans, montant sur son dos, dans la neige au bord de la patinoire. La veille de la mort de Max, elle passe devant la maison. Elle dit avoir remarqué qu'il manque d'entrain, qu'il a l'air malade. Je lui fais part de mes inquiétudes, Max est vraisemblablement atteint du diabète, j'ai vu ça dans mes livres. Cette nouvelle l'attriste.

Une petite Haïtienne. Elle se nommait Mélissa. Au début, elle avait eu peur de Max. Une excellente amie de mon chien était une doberman. Nous nous retrouvions souvent à la pétanque, que nous squattions. J'avais expliqué à Mélissa que, règle générale, on redoutait davantage les chiens noirs que les chiens pâles. Mon explication qui m'avait toujours parue acceptable, voilà que tout à coup je n'en étais plus aussi certain. Blanc à poils longs versus chien noir à poils ras, tout cela était valable pour moi. Mon explication tirait ses fondements de mes perceptions personnelles. Peut-être qu'elles avaient des échos chez les Blancs, mais au moment où j'en faisais part à la jeune Noire, je réalisais que quelque chose clochait dans ma théorie. Pour mieux me faire comprendre, je développai mon idée en tentant d'éliminer tout ce qu'elle pouvait contenir d'idéologique, pour ne pas dire de raciste. En fait, je m'embourbais. Mon amie, la maîtresse de Cannelle, la doberman, détournait le regard et s'efforçait de contenir son rire dans les limites étroites d'un large sourire.

Dans un autre registre, je me souviens de ce que m'avait confié la maîtresse d'une très douce berger allemand. La chienne s'appelait Claudel. Max et moi lui rendions souvent visite dans son jardin, accessible par une ruelle. Au terme de sa maladie, un cancer, dans sa confusion mentale, la chienne avait tenté de mordre sa maîtresse.

Clara, la chienne de ma belle-famille, avait également souffert du cancer. Lorsque nos enfants arrivaient en visite, elle grognait.

Ces chiennes en phase terminale, sur le point d'être euthanasiées, jouèrent un rôle évident au moment où j'eus à prendre ma décision. C'était une image pour moi intolérable, un scénario qui ne devait jamais se réaliser. Je ne voulais pas qu'un Max convalescent, affaibli, susceptible de rechute, ait à supporter la présence animée de nos tout petits. Je redoutais surtout qu'il en vienne lui-même à adopter un comportement potentiellement dangereux pour eux. Je voulais qu'il parte en paix et je n'aurais pas moi-même été en paix si j'avais eu à gérer une convalescence qui, peut-être, n'aurait correspondu qu'à une longue agonie.

Quelques jours avant sa fin, alors qu'il faisait suffisamment chaud pour que les écoliers, à la sortie des classes, envahissent le parc, il y eut, soudain, beaucoup d'animation devant chez nous, des courses d'enfants affolés, des cris. La porte de notre balcon étant ouverte, j'entendais ce tumulte. Ma curiosité ayant été piquée, je jetai un coup d'œil dans le parc. Un grand chien courait à droite et à gauche. Les enfants se déplaçaient massivement lorsqu'il s'approchait d'eux. Une fillette avait amené au parc un tout petit chien. Ce qui attirait le plus grand. L'enfant en avait peur et courait dès que le gros chien s'approchait. Je descendis. J'annonçai la chose au rez-de-chaussée. Ma femme qui s'y trouvait avec Max et les petits me suggéra d'attirer ce chien avec des biscuits.

Le fait est que je redoute les chiens que je ne connais pas. Si ce sont des chiens blonds à oreilles tombantes et à poils longs, je suis moins craintif. Si, au contraire, ils appartiennent aux races réputées pour leur force ou leur agressivité, si ce sont des chiens de garde ou des molosses, des dobermans ou des pitbulls, des bergers allemands ou des chiens similaires, je garde mes distances.

Le chien qui courait dans le parc n'avait pas l'air méchant, mais il était d'une taille plutôt impressionnante. C'était un husky. Ma femme me conseillait de lui passer au cou la laisse de Max. Jamais je n'aurais osé. Je le répète, j'ai peur des chiens. À vrai dire, j'ai peur à peu près de tout. Comme on peut le lire dans l'exergue d'un ouvrage de Barthes, je pourrais affirmer à mon tour que la peur aura été la grande passion de ma vie. Bref, ne sachant quoi faire, je fis ce que tout bon poltron aurait fait, j'appelai la police.

Quelques semaines après la mort de Max, j'ai reçu une carte de l'hôpital vétérinaire. Je me permets de la transcrire.

Quelques mots de réconfort pour vous signifier à quel point nous compatissons à votre perte. Max n'aurait pas pu trouver une meilleure famille que la vôtre. Vous avez fait tout en votre pouvoir pour lui donner la plus belle vie possible.

D'où il est, Max vous en est certainement reconnaissant. Ayez confiance que bientôt les souvenirs des moments partagés avec Max sauront adoucir votre chagrin.

Sincèrement de toute notre équipe !

Cette équipe était constituée de femmes. Il y avait des baisers sous quelques signatures et même un petit dessin représentant les coussinets d'une patte de chien.

La lecture de cette carte me replongea dans mon chagrin. On n'en sort pas facilement. Le mot de l'équipe me procura un certain réconfort. Toutefois, je demeurais sceptique. Toute cette compassion n'émanait-elle pas au fond d'un travail de relations publiques. J'avais été leur client. J'allais peut-être éventuellement « remplacer » Max par un autre compagnon. Alors, l'ayant trouvée sympathique, je recourrais à nouveau aux services de cette équipe, de cette clinique. Peut-être, mais quand même. Pour dicté qu'il ait été sans doute par des considérations d'ordre professionnel, leur geste n'en demeurait pas moins touchant. Encore que, je me questionnais : Disent-ils vrai ? Qu'est-ce qui pouvait leur permettre d'affirmer que nous avions été la meilleure famille possible pour Max et que nous avions tout fait pour le rendre heureux ?

La fin de ce mot gentil suggérait un avenir plus serein dans lequel les bons souvenirs atténueraient notre chagrin.

Je reçus d'autres marques de sympathie. Mes petites voisines marocaines m'offrirent une jolie carte. La maîtresse de Pilou, le petit chiot qui était ensuite devenu le grand Max, me fit parvenir un mot que cosigna sa fille. Il y avait là d'aimables pensées. La petite fille devenue une jeune femme évoquait le chiot avec tendresse. Je me souvenais de la douleur qu'elle avait éprouvée au moment où elle avait dû se départir de son Pilou. Pendant des semaines et des mois, au retour de l'école, elle était venue s'entretenir avec Max, attaché à sa grande laisse fixée à un barreau de la rampe d'escalier.

Quand arriva le temps des Fêtes, sur certaines cartes qu'on nous fit parvenir, on voyait un golden tenant dans sa gueule une canne de Noël.

À notre retour de la clinique, il faisait un temps de grisaille. Nous avions laissé Max sur le plancher. Une sorte de lourdeur m'envahissait, me ralentissait. Un liquide épais coulait dans mes veines. Je me sentais comprimé, tassé sur moi-même, très à l'étroit dans ma charpente, comme si mon corps se refermait sur mon âme afin de l'étouffer. Cette sensation, des jours et des jours n'allaient pas suffire à en venir à bout. Lors même que je redevenais léger, au détour d'un rire, cette sensation morbide me rattrapait. Le beau visage de Max m'apparaissait à tout moment et me rappelait à la réalité. Mon beau Max est mort. Ces mots se disaient, comme par eux-mêmes, obéissant à une volonté intérieure, souterraine, qui en moi désirait que demeurât constamment gravé dans ma mémoire le doux visage de mon chien.

Dans les jours qui suivirent, je recherchai de la documentation. Cette maudite différence entre tumeur bénigne et tumeur maligne me tenaillait. La dame de la clinique m'avait expliqué que la tumeur de Max était certainement cancéreuse, mais elle ne pouvait l'affirmer en toute certitude. Il y avait, dans le cas qui nous concernait, 75 % des tumeurs qui étaient malignes et 25 % qui ne l'étaient pas. Elle m'avait fait comprendre que Max était un vieux chien, qu'il avait atteint l'âge moyen où décèdent les goldens. Autrement dit, s'il n'était pas malade du cancer, son espérance de vie était toutefois considérablement réduite. Dans tous les cas, nous devions agir dans les plus brefs délais. Nous devions procéder à l'ablation de la rate ou bien mettre immédiatement un terme à ses souffrances. Si la tumeur était maligne, avec traitements, il vivrait encore quelques mois. Si elle ne l'était pas, il vivrait peut-être un an ou deux.

L'opération coûtait environ cinq mille dollars. Dans le cas où Max aurait eu le cancer, je l'aurais immédiatement fait euthanasier. Quant à une tumeur bénigne, il aurait fallu que son ablation soit suivie d'une convalescence. Je pensai à mes petits-enfants, à Claudel qui avait montré les crocs, à Clara qui grognait. Je songeai également à maman sur son grabat, à sa triste fin de vie. Surtout, je refusais de faire subir à Max le traumatisme de la séparation. Nous n'avions jamais été séparés plus de quelques heures. Je ne voulais pas qu'il se sente abandonné. Je ne voulais pas lui imposer le stress de l'opération. Je craignais que cette opération ne corresponde en fait qu'à de l'acharnement thérapeutique.

J'ai peut-être déjà mentionné qu'après la consultation du matin, alors que je venais d'apprendre que mes histoires de simple diabète ne tenaient pas la route, Max avait manifesté le désir de retourner dans la clinique. Il ne voulait pas aller plus loin. Il s'était retourné et avait mis son museau sur la porte vitrée.

Il semblait me dire que c'était là pour lui le bout de la route, que le moment était venu de nous séparer. J'avais dû le transporter dans mes bras jusqu'à la voiture.

Il me fallait décider sur-le-champ. Je m'en voulais de faire des calculs. Si je l'avais aimé davantage aurais-je ainsi regardé à la dépense ? Je peux faire maintenant les réflexions dont mon esprit affaibli était alors incapable. L'opération coûtait cinq mille dollars. Si Max avait vécu pendant encore trois ans, chaque jour de plus de son existence aurait représenté une dépense de 4 à 5 dollars. Environ 7 dollars par jour, s'il avait vécu deux ans de plus. Quelque chose comme 14 dollars par jour pour une seule année de vie. Mais tout cela, c'était sans compter les soins qu'une telle ablation pouvait nécessiter par la suite. D'après certaines sources, à condition qu'il ait d'abord survécu à une intervention aussi drastique, il n'aurait pas été facile pour un chien âgé de supporter les divers médicaments que j'aurais eu à lui administrer. Quelques témoignages rendaient compte des problèmes que pouvait rencontrer un organisme privé de la rate. Par contre, sur la Toile, je pouvais lire les commentaires positifs des maîtres dont les chiens avaient survécu à cette délicate opération.

Je songeais à papa. Pendant plus de dix ans, lui et moi avions joué ensemble au tennis chaque semaine. Il m'avait abonné à un club. Je passais le chercher à son bureau, lorsque je n'avais pas cours en après-midi. Nous roulions en voiture jusqu'à Laval. Au club, nous disposions parfois de trois heures pour nos petits tournois.

Lorsqu'il est mort, papa m'a laissé un petit héritage. Il m'arrivait parfois de songer au bonheur que j'aurais éprouvé si Dieu ou un quelconque Grand Manitou m'avait proposé de retourner jouer au tennis avec lui, comme dans le bon vieux temps. J'aurais été prêt à débourser dix mille dollars pour passer quelques heures avec son fantôme sur un court de tennis. Mais cela était impossible. Tandis qu'il aurait été possible de maintenir Max en vie durant un certain temps.

Sur Internet, j'ai lu l'autre jour que la tumeur de la rate est insidieuse. Le cancer de la rate le plus fréquent est l'hémangiosarcome. Il s'agit d'un cancer des vaisseaux sanguins de la rate. Les chiens de grandes races (labrador, golden retriever, berger allemand...) en sont le plus souvent atteints. Une hémorragie interne causée par la rupture de la masse conduit à une anémie sévère. L'animal éprouve une grande faiblesse. Il peut subir un choc hypovolémique. Ses gencives sont pâles et sa respiration rapide.

Tous ces symptômes étaient présents dans le cas de Max. Ce qui me fait dire qu'il appartenait probablement au groupe des 75 %, celui qui est atteint du cancer. Je ne me console pas pour autant. Le 25 % me tenaille. Mais je dois me rappeler que la docteure nous a tout de même félicités de ne pas avoir tergiversé. Nous avions pris, selon elle, la bonne décision. Elle avait dit qu'en toute logique, l'euthanasier était la chose à faire. Je veux bien la croire et me pardonner.

Je me pardonne, par contre, plus difficilement d'avoir éprouvé un certain sentiment de peur, alors que nous étions dans la salle de la clinique. Cela ne dura qu'une infime fraction de seconde. Max était assis et prenait appui contre le mur. Ma femme avait demandé qu'on tamise l'éclairage. Mon fils pleurait debout devant la scène. J'étais stoïque, je t'assistais, mon beau Max, pour la toute dernière fois, dans la plus pénible des épreuves de ta courte existence. Je me faisais fort pour toi, au moment de ta plus grande faiblesse. La vétérinaire avait placé un cathéter sur ta patte avant. Elle venait d'y injecter un tranquillisant ou quelque chose du genre. À ce moment précis, mon esprit s'égara. Il me présenta le flash d'un regain soudain, d'une rébellion subite qui allait te secouer d'un instant à l'autre, d'un ultime sursaut désespéré afin d'échapper à ce qui se présentait à toi. Je te vis succomber à un moment de démence atroce, m'attaquer, me mordre au visage. Moi, le poltron, j'eus cette crainte, cette phobie instantanée, inspirée sans doute par les agissements de la douce Claudel qui avait montré les crocs à sa maîtresse en mourant. Mon beau Max, je t'en demande pardon.

Je te fis ensuite coucher sur le flanc, je plongeai mon nez dans le creux de ton oreille, j'aspirai la bonne odeur qui avait si souvent fait mes délices.

Jamais de toute ma vie je ne t'avais aimé si fort. Je recueillis enfin ton dernier soupir.

Dors maintenant, dors bien au chaud dans ton mausolée doré. Et viens me voir souvent dans mes rêves. Promène-toi au bord des précipices, redonne-moi ces beaux cauchemars qui me rappelleront combien je t'ai aimé et combien je t'aime encore.

Épilogue

À la fin du roman, le vieil homme est seul. Il est étendu sur le dos, branché à de nombreux appareils. Au-dessus de lui, le sac de Baxter et sa potion magique. Sous lui, il entend une sorte de murmure, un vague clapotis. Son corps lui donne l'impression de glisser, d'onduler, de tanguer doucement. Il dérive au fil de l'eau, dans une barque emportée lentement par le courant. Dans cet espace où il se trouve, il fait sombre comme à l'intérieur d'une caverne.

Puis, vient une sensation de froid. Autour de lui, il fait maintenant tout à fait nuit, mais cette nuit est toute blanche. Il est debout, il se tient droit dans le froid glacial de l'hiver. Devant lui s'étale une immense plaine. Le vent blanc se lève. Il neige de plus en plus. De fortes bourrasques l'atteignent au visage. Il ne voit devant lui qu'une dense poudrerie qui l'aveugle. Les flocons fouettent son visage. Il plisse les yeux et s'efforce de voir. Il cherche devant lui, au loin, une présence. Il attend, il espère cette présence. Il tente d'en saisir le mouvement. Puis, elle vient vers lui, il la sent qui se rapproche et se précise. Une ombre blanche dans la froide blancheur de la nuit enfin le rejoint.

À ce moment, les voix anciennes, tant les voix harmonieuses que celles des vieilles discordes ; les cris d'hier, ainsi que les vagues murmures du jour qui s'achève, les bruits de la vie se fondent ensemble et, de concert, tandis que la ligne du moniteur se couche à l'horizontale sur l'écran, toutes ces voix finalement s'entrelacent et produisent à l'unisson un *la* absolu, émettent le son unique, uniforme, qui précède le long silence de l'éternité qui commence.

Mead

GARANT DES FORÊTS
INTACTES

Tous les livres des Éditions Triptyque sont désormais imprimés sur du papier 100 % recyclé postconsommation (exempt de fibres issues des forêts anciennes) et traité sans chlore.

MARQUIS

Québec, Canada